KB183362

설탕도시,
게세라 연인

Sugar City,
GESARA Lover

사과꽃 시선

설탕도시,
게세라 연인

Sugar City,
GESARA Lover

신현림

사과
꽃

自序

내일 우리가 살아갈 세상을 위해.
다시 시작하기 좋은 곳으로- Q

인생 축복을 부르고 비극은 줄이자. 신의 사랑이 울려 퍼지길 기도하며 나는 시를 썼다. 국민이 나뉘고, 싸울 이유가 없다. 그들이 전 인류를 속였기때문이다. 인류해방전쟁 끝에 새 문명 게세라는 이미 시작됐다

좀 다르게 쓰고 싶었다. 소설보다 더 충격적인 세상. 인물 설정을 했다. 소설 스타일의 시로 보든, 현실로 보든 독자 마음이다. 자유롭게 열어 두겠다. 전체를 아우르는 화자는 봉쇄된 설탕 도시에 갇힌 유배 시인이며, 디지털 의병이다. 진실과 자유의 열망을 안고 사는 유배 시인 39세, 여친 궁휼 47세와 SNS친구 전사인 솔로맘 28세를 생각했다. 하지만 나이는 직선이 아니다. 게세라 문명에서 메드베드가 설치되면 더욱 나이는 없다. 이들 사랑과 우정, 우리가 몰랐던 세계와 새 문명 5D 세상 인텔을 나르는 디지털 전사는 20억이다. 인류해방전쟁 속에서 진실을 바로 알리고, 후손들에게 깨끗하고 아름다운 지구를 남겨주기 위해 오늘도 나는 행동한다.

수천 년간 기록될 시대, 인류역사상 가장 획기적인 개혁이 펼쳐지기 시작했다. 신비의 약어로 개혁이 세계적일 때 게세라 GESARA요, 미국에겐 네세라 NESARA다. 인류에게 경제, 자유, 건강. 해방, 잃은 주권을 돌려주는 새 문명. 함께 가면 모두가 가는 큰 사랑 속에 나는 대각성 생존 안내 시집을 독자들께 내민다. 모든 인텔은 링컨 사후에 만들어졌고, 케네디 대통령 때 다시 움직였던 Q군 5년째의 뉴스. 이 고급 정보에서 지식과 영감을 받았다. 그 정보를 올리시는 Q군 인텔 전사 윤쌤통신, 여러 단톡방과 SNS 친구 전사들, 은설님, 발문 써주신 한재현 기자님과 정여진, 영역 도움주신 우벽송 선생님, 그리고 나의 이쁜 따님, 서윤과 여동생 현주, 가족에게, 하늘나라 엄마께 감사드린다. 한국인들이여 신의 사랑과 은총이 있을 것이다.

2025. 2. 11 신현림

차 례

설탕도시에서 온 세 번째 편지

당신의 새가 날지 못하면 어쩌나
당신을 못 만나면 어쩌나 염려하며
창밖의 설탕 폭풍이 멈추길 기다리오

what if your bird can't fly
worrying sick what if I can't meet you
waiting for the sugar storm
outside the window to stop

설탕 폭풍

설탕 바람이 거칠어 모든 차량이 멈춰섰소
설탕 폭풍이 며칠 더 퍼붓는다는데,
일주일은 꼬박 집에 있기로 작정했소
전염병까지 돈다는 건 사실인지 사기인지
잠잠히 생각하며 어디도 안가고
3년은 집에서 버틸 각오를 다졌소
내 쓸쓸한 그림자에 깃든
당신의 새가 날지 못하면 어쩌나
당신을 못 만나면 어쩌나 염려하며
창밖의 설탕폭풍이 멈추길 기다리오
당신 향한 내 사랑 폭풍은 더 거칠어지오

설탕 도시 유배시인

여기는 설탕바람이 나부끼오
이상하게 녹지는 않는다오
주택 처마에 설탕 고드름이 매달리면
다 신기하고 괴이해서
내가 가진 물건들도 내 것이 아닌
다른 누군가의 것으로 보인다오
물론 잠시 내 것으로 살 뿐이지만 말이오

슬픔도 외로움도 나를 깨우는 북소리니
너무 독으로 넘치지 않게
내 안의 따스한 수도원이게 합시다
당신이 있는 곳은
봉쇄되지 않는 시골이니 다행이오
당신에게 가는 길이 막혀 슬프오
여기는 설탕 바람에 눈이 흐리오

설탕 도시, 긍휼 편지

당신이 내게 덮어준
흰 쉐타처럼 구름이 고운 날
나를 부르며 당신은
황금 보름달같이 웃으셨죠
그 설레던 시간도 금세 갔어요
당신이 계신 도시는
설탕 바람이 불어 힘들다니
당신 걱정에 일이 손에 안잡혀요
양자 시스템 문명으로 바뀌었다니
제 사는 시골에선 잘 모르는 말,
문풍지 찢기는 소리처럼 신경쓰여요

전쟁인지도 몰랐어요 공부할게요
당신에게 잘 보이기 위해서

메드베드, 신의 은총이 온다

메드 베드, 축복이 왔네
세 개의 태양을 보는 놀라움처럼
세 번쯤 다시 태어나는 축복이네
당신 따라 언덕에서 보면
전체가 보여 슬픔이 따스해지네

전체를 볼 줄 아는 눈매는 눈부시네
당신 눈매의 등불이 아련하네
맞네. 사랑은 전체를 보는 안목이지
건강도 땅과 우주 전체를 보며
절실히 노력한 이들에게
회복이라는 축복이 오네

플레이아데스인들의 메드베드기술
메드베드의 신비로움 속에서
당신 눈매가 그리워 하늘을 보네

테슬라 지구축전기처럼 당신을 사랑하오

당신이 그리워서 손이 뜨겁소 부드러운 당신 품에서
금세 터질 것처럼 뜨거워지고 싶소 여자의 맨살 감촉
이 실크 스카프보다 부드러운 걸 처음으로 알게 해준
당신이 고맙소 유기농 아이스크림처럼 스르르 녹아드
는 입술의 달콤한 순간이 생각나오 사랑받을 어지러
운 기대심의 화환보다 주는 기쁨에 떨던 내가 이렇게
당신 마음을 통째로 받게 될 줄이야 갑자기 마음이 어
지럽소

당신을 잃으면 어쩌나 하는 기분은 사라지고 있소 무
심코 스치는 스킨 쉽에 서로가 끌어당긴 시간, 식탁보
를 끓어 당겼어도 앞 동 건물은 끌어당기지 못했소 식
탁의자까지 넘어뜨려 장작불로 바꾸고 싶은 시간

에디슨이 전구불빛을 밝히려 직류를 찾았다면 테슬라
는 지구 통째로 거대한 축전기란 걸 알고 모두에게 공
짜 전기를 갖게 하려 했소 내 몸이 지구가 되어 당신
가는 곳 어디나 행복한 전기로 자르르르 흐르려 하오

> 116년간 숨겨졌던 니콜라 테슬라의 인터뷰.
> 불멸의 진실! "죽음은 존재하지 않으며,
> 그 사실을 알면 두려움은 사라집니다."
> "Death does not exist, knowing that, fear disappears."

설탕 도시서 온 세 번째 편지

맑고 푸른 하늘이 그리워요
그곳엔 늘 해와 푸른 모시바람이 밀려온댔죠
당신은 내게 푸른 바람, 그리스 신전이오
당신에게 가고픈 마음이 더 간절합니다
당신 안의 해와 바람을 지나
지구보다 큰 177개의 대륙이 있어 쇼크였소
그들은 자본주의, 공산주의를 만들어
오늘날까지 서로 싸움 붙여 통째로
지구를 먹었소 2차대전서 지지 않았소
백 년 전 바티칸 궁과 미국, 온 세계를 가졌소
러샤에게 복수하려다 얻어 맞으며
800만은 처형의 비를 맞고 사라졌소
남은 찌꺼기들이 이 난리인 거요
인류는 그들 거짓으로 세운 제국의 노예였소

그들이 가르쳐 온 지구는 가짜였고,
전 생애가 속은 걸 이기려면 6개월이 걸린다니
16세기 초원인 사막의 지도도 봤소

잘 모르기에 설레는 애정처럼
잘 모르기에 신기했던 지구였는데
놀라운 현실이 춥고 목마 타듯 어지럽소
7년간 나는 사람을 깨워 살리려다
나도 모를 특이한 인생을 살고 있소
자고 나면 이게 꿈인가 물으오

추워요 서로 사랑하는 일 밖에 답이 없소
추워요 모자른 우리가
서로 감싸며 크는 수밖에요
추워요 사랑을 주세요 꽃씨 뿌리듯
저부터 사랑을 듬뿍 주세요
당신 가슴 푸른 모시바람도 제게 주세요
제가 모시 옷이 되어 당신을 안을게요

비밀을 캐던 고호처럼

알 수 없이 사라지는 삶이
풍금 소리처럼
애잔하고 쓸쓸할 때
사랑 꿈 빵을 굽고
기묘한 생의
비밀을 캐던 고호처럼
인생의 비밀을
제대로 알고 싶어
나는 바다풀처럼 흐느낀다

"너무 많은 비밀을 알게 됐고
테오도, 반 고흐도 죽어야 했습니다"
"I learned too many secrets,
and Theo and Van Gogh had to die" From Q

고흐의 마지막 로맨스

고흐는 자살하지 않았다
고흐와 테오는 자살당했다
그들의 비밀 때문일까
고흐를 인정하는 평론가도 생겼고
뜨기 전인데 왜 죽나 억울한 죽음이,
고흐의 외로운 그림들이,
인류의 친척으로 남을텐데 왜 죽나

내 가방도 고흐, 커피 잔도 고흐
내 안경테도 고흐, 스카프도 고흐
억울하게 죽은 고흐 찾기일까
고흐를 하나 간직해야 인류는
고흐와 이어져 외롭지 않다 느낄까
호주머니 몸속에 거룩한 빛을 담고
인생의 비밀을 캐던 고흐와 테오는
슬프지 않고 쓸쓸하지 않다
우리가 따스한 사랑을 담아
고흐를 만나려 고호기차를 타니까

당신 가는 곳이면 어디든 가고 싶어요

먼저 깨어나 앞서 갑니다
영적 비단길에서 설탕 바람도
멈추길 간절히 기도하니 멈출 겁니다
우리가 얼마나 축복받은 건지 모두가
바뀌는 세상을 더 황홀히 느낄 겁니다

당신 가는 곳이면 어디든 가고 싶어요
깨어 서로 살피고
서로 사랑하고, 서로 돌봅시다
새 생각 이불을 덮고서

사랑의 지도

우리가 그린 사랑지도 위에 서면
먼 하늘까지 은하수가 이어진다
당신의 몸이 그려진 등고선을 따라
흰 쌀 같은 은하수를 본다
만병통치약인 햇빛이 창으로 쏟아진다

어둠 속에 우리가 심은 볍씨가
벼이삭이 되는 두근거림만큼
게세라 새 문명에서 바뀌는 설레임으로
아픈 몸이 아프지 않았고
기다림도 매혹적이라 가슴 저리지 않았다
한 달이 하루같이 흘러도 슬프지 않았다

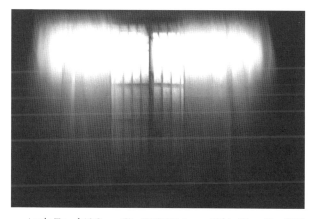

Apple Travel,10 Sugar City,GESARA Lover @Shin HyunRim 2025

당신을 위해 화관을 만들고

저 설탕 눈보라가
꽃씨면 얼마나 좋겠소
오는 봄날에 싹이 터서
분홍빛 꽃망울이
피아노 소리보다 곱게 피어나면
당신을 위해 화관을 만들고,
시들 것을 염려해 하나 더 만들고

당신이 만든 호떡에도
세 개 얹어 먹고
가장 색이 고운 화관을
당신 머리에 씌워주면 기쁘겠소
알마 테디마 그림에 나오는
화관 쓴 여인들보다 이쁘겠소

Apple Travel,10 Sugar City,GESARA Lover

@Shin HyunRim 2025

1부
디지털 전사 솔로맘

수천 년간 기록될 시대.
소수가 깨어나 전세계 20억
디지털 전사가 되기까지

공부 안하면
쉽게 사라지는 시절
각자도생! 잘 살아남자
신께서는 우릴 사랑하신다

if you don't study,
you shall vanish easy
you are all your own, let's survive
heaven loves us

이쁜 따님

딸을
이쁜 따님으로 부르자
원래 이쁘기도 하지만
다툴 일이 없어졌다
세수를 하면 시원한
바람이 불 듯이 말이다

내가 세수를 마치던 어느 날,
수건을 건네주는 딸에게
이쁜 따님은, 마음도 이뻐라
이쁜 따님 얼굴 한 번 더 봅시다

말을 바꾸니 집안이 바뀌었다
내 안의 방마저 핑크빛이 돌았다

목화꽃같은 내 딸

아무리 멀어도 밥 지으러 가고
아무리 힘들어도 일하느라 밤샘하지만
너를 위해서, 라고 말한 적은 없지
네 인생이니 네가 알아서 하렴,
어미는 늘 이런 식이었지

어느새 스스로 어린이는
영국제 털실보다 단단하게
165센티 매혹적인 여중생이 되었어
이 시대가 지옥이라도
제대로 되먹은 인간이 되기 위해
너만의 목화실로
단단한 인생을 짜느라
고생이 많구나

어느새
내 딸은 목화꽃보다 희고
똑똑하게 피어났어
고맙게도

용기

나는 밖으로 나가고 싶었어
별이 쏟아지나 문을 열었어
보이지 않아서 더 보고 싶은
별을 헤아리며
보고 싶지 않은 전쟁과
알고 싶지 않은 뉴스들도
밤의 붕대로 감아버리고
근근히 살다 사라진 십 오년도 감고
딸도 모르고, 아무도 모르게
수갑이란 수갑 다 벗고파
울었던 시간들을 이불 털 듯
훌훌 날려버리고 싶었어
사람들 깨우다 간 시간까지
사라진 십오 년이 꽃도 못피우고
사라진 십오 년이 아파
훌훌 다 날려버릴 용기

솔로맘의 진동 주파수

혼자일 때, 잠잘 때,
나는 주파수 음악을 듣는다
진동 주파수 따라
힘차게 내 피는 흐른다
사람이 전기적 존재임을 느낀다

비슷한 영적 주파수로
진동하는 이를 만나시라
더 친밀한 등불이 켜지리라
왠지 머뭇거리면 주파수가 다른 직감이겠지
직감은 하늘의 소리라 귀 기울여 따르겠지

애들 다 키워놓고 준비가 됐나요
메드베드 치유로 30년이 젊어지면
사랑하는 이의 애를 낳거나
부드럽게 흘러다닐 준비

보름달이 녹으면 제 눈물인 줄 아세요

저도 누군가를 사랑해서
세상의 모든 사랑 노래가
제 마음일 때가 있을 겁니다

먼 하늘에 보름달이 녹으면
그동안 기다린 제 눈물인 줄 아세요

화이널 카운트 다운 The Final Countdown
−그룹 유럽Europe이 주는 위로

매일 듣는다. 몇 번씩
리듬 따라 목마처럼 나는 흔들거린다
매일 열기에 타오르는 쌀 빵을 굽는다
매일 빵을 먹고 꿈꾸며 졸은다
매일 밤이 되면 정신이 난다
매일 천연 디퓨저 향기에 파묻혀 산다
매일 코 끝에 향수 바르며 마취된다
향기가 마약인데, 왜 마약 하나 묻는다

매일 새 문명 인텔을 찾아 본다
매일 DS 리셋 일에 쇼크받고 쓰러진다
승리 인텔로 몸은 용수철처럼 튀어오른다
매일 유럽 카운트다운 들으며 일어난다
사탄 일당들 때려눕힌 상상을 한다
창가에 설탕바람이 불어간다
스며든 이 공기가 독극물처럼 쓰고 힘들다
매일 커피 끓이며 설탕바람 부는 창을 본다
매일 태양 애인은 설탕 폭격맞고 사라진다
매일 진실 인텔 나르다

패션유튜브 재생속도 2배 빨리 돌린다
모델은 목각인형처럼 흔들리다 꺼진다
지금 이 짓을 몇 년 째 나는 뭐 하나
분노 30초는 물끓는 소리처럼 씨끄럽다
살아있기 때문에 열받는 거다
그래서 눈물도 뜨거운 거지

미치도록 사랑스런 록 음악에 흔들리고
미치도록 사랑스럽게 엉거주춤 막춤 추고
20년째 꿈꾼 제대로 댄스 배우러 간다
사과꽃 눈보라 디퓨저 캔들 KC 인증도 받고

이판사판 빚내서 하는 거지 꿈을 이루는데
이판사판 컴맹탈출을 하는 거다
진실 찾고 알리는 길이 쉬운 줄 알면
살았다 말하지도 말자
꿈꾸지 않고 잠잘 생각하지도 말자
꿈은 노끈 같아서
매일 나를 칭칭 묶어 간다

설탕바람 속에서 울었다

투우사처럼 온 집을 헤저었다
물 묻힌 수건으로 잡겠다고
공기청정기도 못잡는 설탕 바람을
문틈으로 온 독 바람에 눈뜨기도 힘들었다
광화문에 성당 종소리가 울려퍼졌다
불안과 묘한 빛의 소리가
설탕바람 속에서 울었다
엷은 커피에 섞은 소금물을 마시며
사이코패스들과의 세계 대격전인데
미치광이보다 더 미치광이처럼
날뛰어야 살아남지 않을까

그런데 다들 기운이 없다
나도 빨래감처럼 쓰러졌다
설탕에게 지다니 할 말을 잃었다

울어 존 따라 춤추면 돼

울어 춤추면 되지
왕년의 존트라블타 영상을 틀면 되지
총 잡고, 우산 들고, 택시 부르고
춤사위가 간단하네
　　전력을 공급하는 데 어려움이 있다
　　전기화가 필요합니다 남자가 필요합니다
전쟁 중에 남자들이 세상을 구하고 있어
사라진 애들과 지구를 구하고 있어

남자가 없어도 된 것처럼 살았다
그들이 여자를 이용한 페미니즘을 알아야 돼
그들이 페미니즘을 만들어 쓰고
페미니즘을 버렸다
남자랑 힘 합쳐 지구를 구해야지
춤추면서 전기 충전하고 지구를 구해야지
얼마나 즐거워 울어

넙치, 나치의 해질녘

우가 있으니 좌가 있구나 했는데
농담인 줄 알았는데
사탄숭배주의가 진짜 있더라구
그들이 만들고 세상을 움켜쥔 게 수백년쯤
자본주의, 넙치즘, 코뮤니즘, 페미니즘,
포스트모더니즘까지 성경과 상관없는
이스라엘을 만든 'ㄹ'가가 있어
넙치 카발이 있어 넙치떼가
붉은 가발을 썼어
인류를 나눠 싸움 붙여 흘린
피와 살을 훔쳐먹는 식이라지
넙치 통치의 해질녘에
기트모는 넙치들로 가득 차서 매일
사형대에 붉은 노을이 진다니

이제 조금만 견디면 돼
Just hold on a little longer

102030이 설탕 국가를 살리네

놀랍고 거대한 물결이야
2030이 끌어당겼어 포세이돈처럼
2030이 거대한 파도를 만들었어
10까지 온 마음과 별을 담은 파도가 됐어
온 나라, 온 거리에 온통 짜장 냄새가 나
설탕 바람까지 섞여 나라가 흔들리는 냄새
온 나라를 다시 세우려 깨어나는 연기 냄새
뭉쳐서 푸른 도시로 바꾸고 있어 이 땅 너머
온 세상 영적 전쟁이야 마지막 땅 끝까지
외국 전사들도 목숨 걸고 인텔을 나른다
세계 중심 뉴스는 나치떼들이 움켜쥐고
세계 군대는 흰모자 Q가 움직인다

2030이 설탕 도시 설탕 국가를 구하고 있다
10대까지 설탕 빙판을 뚫고 꽃을 피우고 있어
저 멀리 바다까지 저 멀리 들판까지

깨어나면 승리한 거야

너와 나는 혼자가 아니야
너와 나는 함께 가는 거야
승리한 거야 모두가 깨어나니
승리한 거야 달팽이처럼 느리지만
더 높은 물결로 솟구칠 거야

해와 구름이 보이는 밥을 먹고
더 깊이 친구들을 사랑할 거야
지구를 돕는 은하연방 친구들과
함께 할 날이 올 거야
영적 매듭을 이어 기쁨 나눌 거야

승리의 시간이야 이제
석수장이 불러 세뇌껍질 쓸어가고
미장이 불러 집을 꾸미고
영혼의 땜장이로 같이 사는 거야
깨어나니 이렇게 편한 거야
진실 승리는 이렇게 좋은 거야

우린 행복해지고 있어
우린 부자가 되고 있어
우린 싸울 일이 없어졌어
오래된 슬픔을 내려놓으면
인생이 더 쉬어질 거야

잘 들을 줄만 알아도 실수는 줄일 거야
잘 듣고 힘 합쳐 운명이 바뀐 거야
잘 듣다 보면 달팽이도 기뻐 에드벌룬처럼
커져 너의 하늘을 떠다닐 거야
5차원의 세상이 이거겠지

더 높은 주파수와
더 높은 수준이 된 거겠지
깨어나니 이렇게 편한 거야
깨어나면 이렇게 자유로운 거야

내 영혼의 땔감

스무살에 그린 전혜린을 발견했다
세상에서 깜짝 놀랄 일은 책 속에 있다는
전혜린 글이 힘이 된 때처럼
내 유배의 나날
책은 영혼의 땔감이었다

설탕 홍수까지 밀려드는 이 도시에
나는 그물에 걸린 물고기처럼 작아졌고
책 속에서만 나는 커갔다

내 스무살에 그린 전혜린
Jeon Hye-rin, drawn when
I was twenty@Shin HyunRim

솔로맘 전사의 건강한 하루

솔로맘,이란 말이 더 좋은 이유

말은 도장을 찍는 것과 같아서
계속 혼자 살면 어쩌나, 싶은
징글 싱글맘보다
영혼의 물감이 번져 언젠가
누군가와 하나가 될 듯한
솔로맘,이란 말이 나는 더 좋아

달팽이처럼

사랑 찾는 외투도 접고
오직 살아남겠단 구두를 신다가
주식의 하수구로 꿈이 아프게 떠내려갔다
20%만 보이는 세계대전을
온 마음으로 주변에 알리며
달팽이처럼 더디게
인생의 상수도로 다시
거슬러 가는 중이다

기후 요리사

기후 요리사 비행기는 매일 우리 집 지붕 위를 날아
가요 지진, 홍수, 태풍. 화재 저마다 주파수가 있어서
하퍼,라는 기계랑 사랑하면 뭐든 만들고 부수는 영상
을 봤어요 어느 날 150만명이 사라져도 놀라지 말란
글도 봤죠 할 공부가 너무 많아요 충격에 지지 않는
내 안의 강철 비둘기도 매일 울어요

이기고 떠난 전사장병을 위해

이겨놓고 전쟁 중인 연합군 전사자도 많아서 붉은 노
을이 바다 날개처럼 아프게 펄럭인다 가족들은 어둠
에 묻히지 마세요 슬픈 폭풍우에라도 슬프지 마요 쉼
없이 일어나 신의 은총 누리세요

바이오 버터 우울증

새로 산 버터 세 번 쓰고 나니

사탄 킬 게 회사였다 벌레와
나노입자 버무린 버터 원 플라스 원
공부 안했으면 계속 먹을 뻔 했다

설탕도시 의심중

음식마다 성분을 살피는 내가 됐다 달달한 빵은
뭘 넣어 달달하나
아스파탐이 이스트 스위트로 바뀌었구나
공부 안하면 쉽게 병들고, 사라진다
신을 바라 살면 분별력이 커진다
각자도생! 잘 살아남자
신께서는 우릴 사랑하신다

성악설

디지털 의병은 소수고 저항 시민도 소수였다
다수 국민은 솜인형이라 쉽게 붉은 쇳물이 들어

성악설이 맞다 여기며 견뎠는데
어느 날 폭포물 쏟아지듯 시민들이 깨어났다
생각이 바뀌었다 인간은 선하다
성선설의 햇살이 내게 비취었다

나는 미리 준비해

크리스마스 음악도 두 달 전부터 미리 틀고
봄 음악도 2달 전부터 미리 틀어
덜 아프고 덜 슬프려 미리 준비해
센 전자파로 다칠까 봐
핸폰을 5G에서 LTE로 바꾸고
일을 더 하고 시대 흐름을 공부한다

나는 없는 듯해도 사랑 뿌리로 있어

나는 있으면서 없는 거 같아요
나는 하늘을 날으는 새면서
새장 속에 갇혔어요
소련 치하에서 망명객으로
떠돌던 소설가 나보코프처럼
이방인 느낌. 이쪽도 저쪽도 불편한 슬픔
우 건물 좌 건물 사이에서 핀 풀같은 슬픔

옳고 그른 은박지가 뒤섞인 만화경 시대
나는 진영 노예를 거절합니다
분별력의 언덕에서
그들이 만든 비극을 막고
신의 사랑이 물 향기처럼 퍼지게
해를 안고 어둠을 밝혔어요
나는 없는 듯해도 사랑 뿌리로 있어요

비로소 내가 되는 길

우리는 신의 사랑 안에 있다
밀려오는 봄빛수풀에, 슬퍼도 해질 무렵에
해뜨는 새 문명에, 새 시간, 새 나침반에
펼쳐질 진동주파수에 뒤늦은 깨어남 속에
커피잔 속에 메아리치는
당신 미소사랑이 있다

새 문명에선 진동 주파수가 중요해
잘 모르다가 중요한 걸 알게 됐지
더 높은 주파수를 올려 기분이 바뀌어
슬픈 독을 지우며 비로소 내가 된 거

1500마일인지 32,000마일인지 긴 지하 터널
바티칸에서 예루살렘까지 놀라운 금광발견
게세라에 서명한 나라에 돌려지는 선물
소설이야 영화야 그저 놀라워
우리는 모두 부자가 된다지
세상만이 아니라 사람의
의식상자와 열망의 알까지
바뀌고 있어 신기해

설탕바람 부는 날

달콤한 게 좋아 달콤한 강소리
입 안 가득 딸기처럼 한 입에 쏘옥,
달콤한 말만 찾다가 삼베같이 투박해도
옳은 말엔 귀를 닫고 생각하는 법을
잊은 시민들 달콤한 말만 주워 먹다
설탕 도시인인지도 모른다
언제부턴가 질문하는 법을 잃어버렸다

질문하는 법

언제 하늘을 보셨나요
집 앞 별들을 세어보셨나요
사회적 인격은 무얼 보느냐에 달렸다면
당신은 어느 인텔을 보나요
왜 바쁜지, 인생의 최우선 순위가 뭔가요
자신을 위해 시대 공부할 시간이 없나요
멀리서 풍경을 보듯 좀 떨어져
언덕에서 전체 보기도 습관 들여 봅시다
구름이 이상해요 눈과 입이 끈끈하지 않나요
언제나 달콤하고 기분 좋은 말만 하고 싶나요
언제 전쟁이 끝날까요 전쟁인 줄도 몰랐나요
언제 어떤 세상을 애들에게 줄 건가
언제 불임여성이 많은지 생각해봤나요
야채가 내일 괜찮으리라 믿나요
7년 전과 지금 생각은 어떻게 달라졌나요
신이 없는 걸 보셨나요 성경이 안 읽혀지면
도스토옙스키 소설들로 나는 신을 느꼈어요
믿겨지지 않는 세상 일에서 나는
아무것도 당연히 여기지 않는 법을 배웠어요
질문하는 법을 배웠어요

먼저 떠난 이들을 위하여

죽어도 죽은 게 아니야
진실 등불이 설탕 나라에 켜질 때까지
등불이 죄인들 까맣게 태워
스스로 부끄러워질 때까지
내 탓이다 내탓이다
가슴치며 속죄할 때까지
우리는 너를 놓을 수가 없다

죽어도 죽은 게 아니야
다만 손을 잡을 수가 없고
너를 껴안을 수 없고
몸이 수중기처럼 사라졌어도
너를 이대로 보낼 수가 없다
우리는 이별없이 흘러간다
슬프지 말자
우리는 이별하지 않았다
이별하지 않았다

깨어 살아남자

깨어나자 깨어있자
거칠게 살아남는 야생장미처럼
아직 부르지 못한 노래는
어둔 길에 숨어 있고
아직 잣지 못한 빛의 실타래가
안개 터널에 굽이친다

아직 뜨지 못한 또 다른 태양은
잠자는 눈 속에 숨어 있다
던져준 정보만 보고 가축이면
쉽사리 무너지고 만다
이 시대 참 정보는
나를 지키는 무기다
곡괭이며 지폐다
무기도 없는 채
붉은 군대를 이길 수도 없이
모래바람처럼 날아가 버린다
깨어있자 깨어 살아남자

2부
게세라 문명은 이미 시작됐다

인류해방전쟁 끝 가장
획기적인 개혁이 펼쳐지기 시작했다
개혁이 세계적일 때 게세라 GESARA요,
미국에겐 네세라 NESARA다
인류에게 경제, 자유, 건강. 해방,
잃은 주권을 돌려주는 새 문명.

우리가 알던 세상은 끝났다
지금까지 세상을
움켜쥔 로마제국
노예시스템도 끝났다
거짓을 배웠기에
새로 다시 배워야 한다

지갑도 곧 두툼해지니 걱정마
놀라운 내일이 펼쳐질 거야

the world we knew is over
the slave system of Roman Empire is
also over
because we were
taught lies
we need to unlearn and
relearn fresh
soon your purse will be full, so
don't worry
a bright future will
unfold

부자되는 게세라 문명

이런 환한 날
이런 영혼 전등 켜진 날
해가 좋다 사람이 좋다
공부해서 인텔 나르는
당신과 내가 좋다
들끓는 꿈 차 마시며
철저히 내일 곡식을 준비하니
제대로 사는 느낌이다
제대로 공부해 더 알고 싶다
제대로 옳은 불빛 켜고 싶다
영적 전쟁의 끝 길이라니
지금까지 배운 지식, 믿고 따르던
모든 것이 몇 년 안에 사라진다니
모르면 모른 대로 힘을 되찾고
썩은 사슬 끊는 새 QFS 화폐시스템과 토지법,
환급으로 풍요와 번영의 게세라 문명이라니

게세라 네세라 문명이 펼쳐진 길
전쟁터 전사처럼 깨어 있지 않으면
큰일 날 이런 환한 날

오랜지맨*이 가져온 GESARA

바뀌는 세상이 황홀합니다

게세라 새 문명이

슬픈 빚을 없애드려요

들꽃 바른 길도 놓아드려요 당신

모르게 빼앗긴 재산을 찾아 드려요

그동안 옷장 속에 처박혔나요

그동안 우리 감각은 무디고

그들 말뚝에 묶여 말초적였나요

깊게, 따스하게

울림 큰 사랑이 파도에 밀려와요

GESARA는 신의 위대한 사랑이에요

*오랜지맨 트럼프의 애칭

매트릭스 엽서

이런 환한 날
이제 흰 쌀알만큼
주파수, 승천이란 말이 중요해요
하늘나라 갔다는 게 아니라
하나님을 닮아 참사랑이 깊어졌다,고
하늘 보며 저는 이해했어요
훌륭한 영화 메트릭스는 실제로 승천한
사람들이 만든 다큐멘터리였대요

네오가 마음을 자유롭게 하라는 말
내 마음은 다행히
네바다 하늘 날개처럼 펄럭여요

시간은 기차길처럼 직선이 아니다

직선이 아니다 우리의 시간이
데이터로 있다는 시선을 나는 배웠다
직선 나이 65억년 어제 오늘 내일이
같은 시간의 물결로 함께 출렁이지만

어떤 일은 느리고 어떤 일은 잠시 멈춘다
다시 이어지고, 멈춘 일은 흙같이 된다

직선의 시간이 아니다
시간은 메아리와 닮아서
퍼져가는 여러 길이다
데이터를 모아 담은 봉투는
새롭게 뭔가 이루려고
길 위에 뿌려진다

소울메이트를 아는 방법
−5D 세계의 사랑법

서류가 필요 없어 도장도 필요 없어

결혼 서약서도 필요 없어 3차원 서류는 없어

좋으면 그냥 같이 살면 돼

거룩한 남녀 사이 함부로 못해

그동안 우리를 다스린 파충류의

끔찍한 범죄가 사라지니 바로 진동으로

서로가 끌려가 새 땅 새 세상

5D 세상이 펼쳐지면 남녀 사이는 이래

가능한 한 빨리 서로 찾아진달까

소울메이트를 아는 방법은

전기가 바로 오는 느낌 뜨거운 커피

컵을 쥘 때처럼 강렬한 터치랄까

게세라에서 만나, 사랑해

게세라에서 만나, 사랑해, 당신은 내 혼의
계피향이야 내 피고, 약초의 노래야
게세라 네세라, 새 문명이 진짜 온 거지
될 일은 된다는 길 따라
부자 된다는 길 따라 멀리 있어도
당신이란 피라미드를 보면
자유에너지가 내 몸에 울려 퍼진다

그동안 동화 속에서 살았나 깜쪽같이 속았어
그들 거짓말 동화 속에서 우린 뭐였지
거짓 책들은 날으면서 가루로 부서지고
뜨거운 해 아래 거짓말 폭로분수는 치솟았어

당신 핏줄에 내 사랑이 마르지 않듯이
석유는 절대 마르지 않는대
게세라에서 6천가지 기술도 본대
있대 있대, 있다고 들은 말이 주는 설레임
우리가 부자가 된다니 신기해
당신은 마음을 흔드는 빛의 악기야

게세라에서 만나, 사랑해

우리는 그들 노예였다 곡괭이였고,

던지면 깨져버릴 물컵이었다 자원과 금권,

모든 시스템이 그들 거라, 처칠, 프로펠러,

넙치악당들이 스스로 위인전을 냈어

이집트 피라미드가 세계에 퍼져있듯 충격이야

크레이지들에게 사기당해 온도가 높아지네

1917년도에 나온 전동 스쿠터,

물로 가는 자동차 테슬라의 프리에너지 자동차,

악마 프로펠러는 교육 의학계 모두

수건처럼 우릴 쥐고 빼앗고 죽이며 흔들었지

죽은 척하고 살아남은 케네디의 80년 전쟁

100년이 지나서야 하나씩 풀리고 지금 기술은

100년 전보다도 뒤쳐진 지금이 구석기시대야

우리를 가두고 죽게 하는 악당들을 부셔갔어

신기해 인류해방,게세라 로드맵을 도우며

당신과 함께라니 모두가 눈부셔

당신은 내 혼의 노을이야

게세라에서 만나, 사랑해

이 시대의 문맹자

비가 내리고, 설탕바람 불어 아파도
나을 사람 낫고 잊지 못할 사람 만나오
사람은 깨어 애쓰는 용량만큼 산다오
이 시대 문맹자는
읽고 쓸 줄 모르는 사람이 아니라
믿도록 배운 수많은 거짓말을
못 깨닫는 사람이라죠
석탄과 석유만이 좋은 에너지라는
거짓말이나, 망치를 손전등이라 해도
또 속는 사람 선악을 못가리는 사람
질문 없이 공부 안하는 사람
시대를 앞서 깨닫는 건 이제
호기심이 아니라 필수라지만
사람은 지 멋대로라,
메드 베드 치료센터 200개면 1년에
불치병 수백만 명 치료 가능하다는
메드베드와 환급의 새 문명
5D세계로 가는 사랑을 모르죠
다른 뉴스로 들으면 다수가 못믿죠
유통기한이 있음을 모르죠

메드베드 양자 치유 시스템을 위하여

어디로 발을 뻗든
제대로 잘 가려면
제일 먼저 할 일이 뭔지 정하자
해와 변화를 사랑하는 이여
건강해야 영혼도 부드러워지니
해의 높은 진동 주파수를 올려
해를 안고 몸을 씻고 돌보고,
해를 사람들에게 굴려 보내고
언젠가 모두 사라진다 생각하면
더 소중해지겠지
오래된 신념 따위 틀리면 부숴야지
부숴야 살아남지
깨어 사는 사람은 5차원 숨결이 된다니
유기농 식품을 먹고, 천연 의약품을 쓰고
진실 인텔을 찾는 일이 중요하지
메드 베드 양자 치유시스템은
우리를 바람직하게 토끼처럼 사랑스럽게
기어이 오래 건강히 살게 할 거야

오랜 노예 시스템 철문이 녹아내렸다

우리가 알던 세상은 끝났다
오래도록 세상을 움켜쥔 로마제국
노예시스템 철문이 내려졌다
얼마나 신나는 일인지
얼굴시계가 빨리 돌았다

그동안 노력도 아까워 마
거짓을 배웠기에 새로 다시 배워야 해
얇은 지갑도 곧 두툼해지니 걱정마
설탕바람도 그치겠지 걱정마
신께서 앞서 가시니 혼자가 아니야
야무지게 잘 따라 갈 거야
어디서든 너는 귤 같은 해를 안을 거야

우리에게 놀라운 내일이 펼쳐질 거야

케네디로부터 80년 전쟁
―유배시인과 솔로맘의 대화

얼마나 많은 '거짓말'을 배우며
인생을 허비했는가 슬프군요

솔로마님처럼 저도 슬픕니다
8년이 80년였죠 판이 뒤집혀
케네디로부터 80년 긴 전쟁
인텔 공부가 세뇌 빙판 깨는
도끼지요 도끼가 토끼 되도록
우리가 몰랐던 그들 비밀이
차가운 얼음장처럼 떠오르고
사탄, 사이코들이 동화 속이 아니라
세상 휘젓고 다니다 Q군에 무너지네요

사람 목숨 살리고 30년 50년 젊어지는
메드베드가 신비한 치료 원리와
205국 설치 완료 됐대요
솔로 마님도 젊어지면
신들려 멋진 남자들이 오는 자석 되시겠죠

3부
설탕도시, 유배시인

당신의 오솔길 따라 하늘을 보는 게 좋고
당신의 등대에서 파도 소리를 듣는 게 좋고
당신의 들판에 서는 게 좋고

I like to look at the sky along your path
I like to listen to the sound of the waves from
your lighthouse
I like to stand in your field

왜 나는 당신을 사랑하는가

당신의 오솔길 따라 하늘을 보는 게 좋고
당신의 등대에서 파도 소리를 듣는 게 좋고
당신의 들판에 서는 게 좋고
당신의 미소, 당신의 눈빛이 벚꽃잎처럼
불어올 때 가슴이 뛰었어 흰 말이 뛰었고,
진동 주파수가 높아지고 둥근 그네가
마구 돌아갔소 마구 돌고 싶어
당신의 숲에서 마구 뛰어다니고 싶어
난리 치고 싶소 내가 살아있는
기쁨을 느끼게 해준 당신
신성한 생을 보게 해준 당신
나는 당신을 잘 알기에 좋아해

가장 사랑하기 쉬운 사람은 우리가
아무 것도 모르는 사람일지 모른다는
알랭 드 보통이 보통이 넘는 말은 맞지
하지만 단 1프로 맞지 않을 수도 있어
나일 수 있어

걱정많은 사내의 헤어스타일

당신이 좋아한단 헤어 스타일로 바꿔봤소
소아성애 오빠마랑 앱타인 배를 탔던
좌지 클루니 헤어스타일이오
섹쉬한 클루니, 그 넘도
당신이 알던 멋진 넘이 아니오
호틀러 손자랑 이상한 섬으로 간 넘이요
공범자란 말이오 깨어나오

뭐라고 좌지가 내부 고발자,
연합군을 몰래 도왔다고
끝끝내 멋진 넘인가 보오 내 몸무게는
클루니 땜에 십키로는 늘어 무거워졌소
나보다 섹쉬한 쉐키.
질투심이 5G처럼 이글거리오
당신도 그 이쁜 알사탕 같은 눈을
동그랗게 굴리며 이글거리겠소
DD명단까지 좌지를 다시 살펴겠소

슬픈 설탕 바람이 휘날려도

하늘이 무너지고
슬픈 바람이 휘날려도
우리는 만나고 사랑하지 않으면 안된다
내 속에 수 많은 사람들이 있어
내 속에 수 많은 강이 있고 바다가 있어
내가 부르는 노래는
내 나라 사람들이 우는 울음
어두워지면 내게 날아오는 천사가 있어
이 모두를 안은 나의 그리움이 있어
내 손이 닿기에 얼마나 당신은 먼가
나를 찾아 얼마나 당신은 헤매는가
당신에게 가는 내 손을 잡아
우리는만나고 껴안고
울고 웃지 않으면 안돼
함께 있지 않으면 안돼
하늘이 무너지고
슬픈 설탕 바람이 휘날려도
우리는 사랑하지 않으면 안돼

지식 업데이트한 후에 만나요

설탕 폭풍 속에서 자신을 지키려면
정보라는 총과 대포로 무장하는 시대
새 인텔은 호기심이 아닌 무기다
좌우 갈라치기는 옛 문명 쓰레기지
지식업데이트가 밥 먹는 일처럼 중요해
새롭고 더 나은 세상을 만나려면
오래된 나를 벗어야 한다
늙지 않은 영혼만이 멀리 가므로

일반적으로 가장 성공한 사람은
최고의 정보를 가진 사람이다
-벤저민 디즈라엘리
The most successful people are generally
those who have the best information .
-Benjamin Disraeli

구슬픈 움막

홀로 먼저 깨어나 나의
소신 발언은 바로 유배지가 되었소
다르다는 이유만으로 유배되는 도시에
갈라치는 게 파시즘인 건 알까
왜 그런지 몰라 나는 어리둥절 했었지
그람시 진지전 성공임을 공부해 알았소

작업만 하던 내가 설탕 눈이 붙어
이 땅이 망가지면 어쩌나 몸서리쳤을 뿐
사랑하는 내 나라 내 민족이 나쁜 물결에
휩싸여 어디로 흘러갈지 앞이 캄캄해서
가족의 심정으로 몸서리를 쳤는데

내 몸 하나가 고요한 움막이 되어
가난한 도시를 향해
구슬프게 밀려가는 걸 알았소

거짓의 세계사 1300년*

너를 잃는다면 나는 비누거품이 될 거야
너를 잃는다면 몸 비누마저 물거품이 될 거야
발밑에 가득한 역사 거품처럼 슬플 거야
잃어버린 역사가 우리 발 밑에 너무나 많아
잃어버린 세상이 발 밑에 너무나 많아 우리가
배운 역사는 다 거짓이라 불소치약처럼 버려야 해

1차 2차 세계대전은 조선, 고려 타르타리아
흔적 없애기 전쟁였다지 1300년만큼
진흙에 묻힌 타르타리아를 봤어 프리에너지로
찬란했던 문명이 역사에서 지워졌고
살아남은 거인들은 지하세계로 갔다지
영국 지하철은 튜브잖아 지하철의 뿌리고
타르타리아 문명 흔적였다 어쩐지
영국 지하철을 탔을 때 독특해서 신기했지
튜브시스템을 거품으로 만들었어
비밀리에 DS 는 튜브터널로
서울서 뉴욕까지 5시간이면 간다

3.5미터 거인과 함께 살았던 백 년 전

쉐이크 쉐이크 내 몸이 떠니까 거품이 될 거 같아
쉐이크 쉐이크 너를 잃는다면 나는 맥주거품이 될거야
shake, shake, my body shudders becoming a bubble
shake, shake, if I lose you, I will be a beer foam

너를 잃는다면 나는 시간거품 물고 사라질 거야
너를 잃는다면 내 생의 여행도 거품이 되겠지
너를 잃지 않으려 나는 중얼거린다
다들 좋아하는 걸 잃지 않으려 중얼거린다
losing you, I will disappear biting bubble of time in
my mouth
losing you, my life journey will become a bubble.
trying not to lose you
all murmur not to lose what they love

타르타리아처럼 너는 아름다워 네 몸의 선처럼
아름다운 타르타리아 디자인이 웅장하고 심플해
네 마음처럼 기차도 자동차도 믿음직스러워
쉐이크 쉐이크 날개만 달면 하늘서 춤출 것 같아
쉐이크 쉐이크 누구나 변치 않는 춤을 추고 싶지

나도 너를 잃지 않는 춤을 추지
다가올 미래의 지하철처럼 튼튼한
네 숨결과 잇는 춤을 추지 거대한 물거품처럼
거대한 양파, 거대한 감자처럼
탐스러운 네 가슴을 터뜨리고 싶어
지금 이 시대보다 더 미래적인
타르타라아처럼 다알리아처럼
빨갛게 너와 노을이 되고 싶어
물거품이 되는 그날까지

*케네디 Jr 텔레그램에서

200년마다 지구 리셋을

놀랬지 뭐야 가슴에 구멍이 생겼지
두루마리 휴지 구멍만한 상처가 아파
1300년만큼이나, 언제 구멍이 거품이 될까
200 년마다 지구 리셋을 해왔다는데,
　1050년부터 1250년까지,
　1451년부터 1650년까지,
　1651년부터 1850년까지,
　1850년부터 지금까지
네 번의 리셋이 있었단 인텔을 봤지
세계는 지하 터널 32,000마일 이어졌다지

어제 본 노르웨이에서 달리는 튜브 기차
푸르게 둥글고 긴 기차 관짝.
자신에게 맞는 관짝을 갖고 살듯이
놀랬지 뭐야 두루마리 휴지처럼 둥근 튜브
놀랬지 뭐야 그들이 꽁꽁 숨겼던 튜브 관짝

게세라 들판을 걷고 싶소

저리 붉은 와인빛 노을 안고
당신과 게세라 들판을 걷고 싶소

와인보다 향기로운 당신과
내가 다른 사람으로 살면
어떨까 생각하오
잘 속고, 오해나 음해당하던
이전의 나를
매미껍질처럼 벗어두고
슬픔도 회한도 없이
진짜 달콤한 원당 100%
시간을 보내고 싶소

폭포처럼 쏟아지는
노을녘 붉은 빛을 안고
그동안 참아왔던 나를
바보같은 나를 쏟아내고 싶소
걷고 싶소
젊어지는 병에 걸린 사내

강추위가 고운 당신처럼 왔소
얼마나 화사한 추위인지 눈물까지 났소
이내 설탕 바람에 화사한 해가 지워지고
당신까지 보이지 않았소
우리는 모두 죽는다는 지인의 말에
스산해져 일이 손에 안 잡혔소

나는 날로 건강해지고 있소
날로 시력이 좋아지고
날로 젊어지는 병에 걸렸어도
무기력하오 5년 넘게 사람들을 깨운 게
거의 헛수고요 진실을 말하면
모두 어항 문을 잠갔소 이렇게 진실이
북어 대가리보다 못한 취급을 당하다니
눈치로 늘어진 눈들은 물고기처럼 헤엄치고,
무표정에 무관심의 철문이더니
설탕국가 젊은 친구들이
철문을 열었소 외침 깃발이 터졌소

세상에서 가장 하기 힘든 말
−소신발언 유배시인 1

진실, 이란 말 속에는 울음이 가득하오
세상에서 가장 하기 힘든 얘기라
산을 옮길 만한 용기가 필요했소
애들 구하고 부정선거 밝히는
세계대전을 알리다 7년이 갔소 디지털
전사들이 얼마나 가슴 앓이하며 알렸을까
라벤더 꽃물결처럼 20억 명 늘어나 출렁이오
지나 보니 나도 그들 속에 디지털 의병였소

보는 인텔이 다르고, 바뀐 세상 모르는 건
바람개비 돌아가듯 민첩하게
왜 저러지 하며 귀를 기울였다면
설탕 도시와 사람 살리는 힘을 보탤 수 있었소
지구마저 초토화시키는 그들은 망했소
찌꺼기들이 남아 우릴 괴롭히잖소
각자도생 설탕 눈보라가 그칠 거라 믿소
눈이 펄펄 나리는
유배의 땅이 붉게 노을 물드오

역차별당한 내게 설탕시계는

젊은 날에 키 크는 배는 너무 떠서
역차별의 설탕 바람 속에서 산 것 같으오
그렇게나 기금 신청해도 상도
그렇게나 피눈물 나게 고생해도
제외당하는 비애를 느꼈소
카랴멜 바다가 됐는지는 나도 모르겠소
서글픈 정글 속성으로
이해하오 뜨면 주기려는 속성

누굴 미워한 적은 없소
나는 고야나 고흐를 생각하오
제자를 키운 적이 없으나
실력으로 그를 사숙한 제자가 늘어섰소
독 바람 설탕 시계도 어느 순간 녹아버리고
맑고 순한 바람 속에서
제대로 볼 수 있을 거요

창가를 서성이며 바라본다
-소신발언 유배시인 2

우리는 늘 창가를 서성이며 바라본다

창 너머 무언가를, 방파제 너머

바다를 그리면서 늘 누군가 되려 한다

어른이 되거나 어른이 못되거나

그 이전에 사람이 아닌 사탄주의

렙탈리언, 파충류사람이라나

우리를 벌레로 안다는 사탄들이 있더라

그 놀란 밤시간이 수평선처럼 두렵게 길어진다

내가 늦게 깨어난 줄 알았는데,

제일 먼저 깨어나 생사가 걸린 설탕바람을

보라고 밥줄 끊기면서까지 알렸는데

나는 더 곤경의 굴 속으로 빠져들었다

나는 유배자 이전에 아이가 되고 싶소

오해나 의견이 다르거나 나를 따돌린 이를

잠시 흘러가는 바람이게 해달라 기도하오

바다보다 깊은 슬픔이 생기지 않게

미움이 생기지 않게 용서할 수 있게

> 진실을 말하는 사람만큼 미움을 받는 사람도 없다
> -Plato
> no one is so much hated as the person who speaks
> of the truth

행복은 자주 웃는 거죠
빨래가 잘 마르면
옷이 많이 웃어서죠
웃으면 두 마음
하나가 되어 행복해요

often smiling is happiness
when laundries dry well
clothes laugh, too
laughing unite us both

당신 오는 날, 노을 상자

모든 길에서
당신의 슬픈 파도는 굽이쳤고,
내 염려의 두 팔 안에서
당신은 울었습니다
오랜 돌풍 끝에서 당신은 앓았고
노을 상자가 펼쳐질 들녘에서
당신은 이제 웃을 겁니다
아팠던 몸은 더 단단히
태양 아래 불타오를 겁니다

당신이 오시면
제 곁을 떠나지 못할 겁니다

설탕도시 생존법

설탕 독 바람에도 지지 않고
사기 먹거리에도 지지 않고
베트맨 보다도 든든해 보이는 날
위험한 먹거리도 많은데
공부해서 잘 고르는 당신이
기특해서 빙그레 웃습니다

세상에 악마들만 없어도 우리는
병 없이 100살, 150살은 살 수 있대요
그들이 숨긴 메드베드가 오면
30년이 젊어진다니 150살도 살겠네요
역사를 파괴할 대형화재도 없고
오래된 옛기술 자유에너지도 오고
6000가지 숨긴 기술도 보고
200년마다 세상을 리셋 사실도 알고
이렇게 놀라운 내일이라니

당신은 나를 여행하는 사람

나는 당신이란 언덕에 올라
하늘을 우러러
살아있는 이유를 세어봅니다
나는 당신예요
떨어져 있을 때조차
서로를 생각하는 봉투가 되어
빛의 마음을 담아 보냅니다
느끼고, 그리워하고, 진동하고
나는 당신을 여행하는 사람

나는 당신과 함께
사랑의 지도를 그립니다
신과 함께 하는 지도에

인류해방전쟁으로 얻는 음악 상자

인류해방전쟁이군요
전쟁으로 음악상자를 얻는 거군요
지구 총 재산은 거의 무한대에 가까왔다니
넙치들은 지들만 갖고 인류를 노예로 가두고
사기 치며 지구를 통째로 먹으려다
오렌지 맨에게 걸려 얻어터지는 거라니
지구가 피자로 된 레코드로 보이네요
오렌지 맨의 팬인 당신이 있어 좋아요

디지털 솔져 당신

당신이 주신 깨어있는 세계를 되새기니
하늘은 예전의 하늘이 아니고
길은 예전의 길이 아니며
사람도 예전의 사람이 아닙니다
이 시골에서 악령을 못봤지만
악한 세계가 있음을 알았으니
늘 지갑을 조심하듯 내 마음을 조심합니다

나의 모든 것의 시작은 당신이며
나의 끝도 당신으로 흘러가
나의 내가 당신이 되면 어쩌나 겁도 나지만
디지털 천사, 디지털 의병
고마운 당신이 좋습니다
늘 지갑에 사진 넣고 다니며
당신 잃을까 조심합니다

세상에 존재하는 악을 인식하지 못한다면
당신은 순진함과 똑같은 수준에서 멸망하게 된다
If you don't recognize evils in the world
You will perish along with your naivity Q

디지털 전사는 오렌지빛 등불을 들고

매번 다시 살고플 때까지
내 안에 빛이 가득해질 때까지
다시 일어설 때까지 나는 어두웠다
지푸라기 기운이 오렌지빛을 받을 때
270명 러시아 뮤지션이 부른 키스의 노래
케네디 생존 소식을 처음 알 때처럼
인생이 얼마나 경이로왔던지

죽은 척하고 살아 지구를 구하는 케네디 대통령 그의
아들 주니어, 위대한 오렌지 맨 부부, 다이애나비, 엘
비스, 머큐리 등도 오렌지빛 나의 이웃이다 미군보호
프로그램에서 보호받는 스타들 소식, SNS 친구들이
올리는 게시물 등불은 흔들리는 벼랑도 세워갔다 솔
로 맘 전사랑 친구 따라 만난 외국 디지털전사 20억
이 이웃이다 헤어지고 만나는 인연 속에서
오렌지빛 등불 사랑이 전해지는 시간
새 이삭 출렁이는 들판
이 환한 시간

하늘 등불

이곳은 어두워요
제 방 등불마저 꺼지고
살아온 길마저 회오리치고
살아갈 용기마저 잃을 때

하늘등불을 켜주서 고마워요
배웠던 교과서가 가짜였고
알았던 지식이 거짓였고
생각이 달라 인연의 기차는 탈선하고

외로운 기차길을 따라
내가 내 자신이 될 수 있게
등불을 켜주셨습니다

5부
넙치를 몰라 생긴
전 지구 슬픈 코메디

그들이 전 인류를 속였죠
모두가 속았으니
누구 잘못도 아니에요

They fooled all mankind
Everyone was fooled
It's no one's fault

지평선에 노을이 운다
— postmodernism

날으는 비행기를 타고 돌아봐
나치 설탕 바람에 안 젖은 게 없지
너무나 오래 세상을 쥐고 흔들었어
세계 거장은 포스트모더니즘 지평선에 다 걸린다 포
스트모더니즘 빨래줄에 걸려 거의 다·· 카프카, 베케
트, 푸르스트, 나보코프, 마그리뜨, 달리, 뒤샹·· "포
스트모더니즘을 극혐한다"는 글을 보다 뇌까린다
포스트모더니즘 평론에서 안 다루는 거장은 없다
돌덩이 알을 말랑말랑한 알로 만들었거든
고정관념을 부숴 말랑말랑한 숨결로 만드는
예술의 속성을 써먹는 넙치 나치
악당들의 포스트모더니즘만 보지 마
포스트모더니즘의 주자라는 어느 평론가의 칭찬이지
포스트모더니즘이라고 내가 말한 적은 없다
악당들은 지들이 만든 페미니즘을 버렸어
포스트모더니즘도 지평선 노을로 운다
노을 자락은 두루 널렸어 나치 설탕바람이 불었대도
대가들은 자기만의 통조림을 만들잖아
이제는 사기당한 역사까지 피터지게
공부해서 작업해야 해

넙치를 모르면 이렇게 돼

넙치DS를 모르면 애국이 매국이 되고
넙치를 모르면 세계사, 교육, 모든 학문과
넙치를 모르면 문화지식도 사기인지 모르고,
넙치를 모르면 소통의 비단길은 날아가죠
넙치를 모르면 선악분별의 독수리 눈매도 잃고
넙치를 모르면 내 몸 맘대로 못하고
넙치DS를 모르면 같이 갈 수 없어요
영영 돌아올 수 없어요

바뀐 문명 등대길에서 공부하고
힘 모아 앞서 가렵니다
밤새 공부했더니 잠이 쏟아집니다
한 장 큰 날개를 덥고 당신에게 갑니다

오렌지 맨한테 들킨 거짓계단

보통 사람은 우리가 겪는
악의 수준을 이해 못합니다
공부도 안하고 고뇌창문도 잠갔으니
어찌 알겠어요
그럴듯한 포장지로 쌌으니 깜짝 속죠
그럴듯한 책으로 덮고 덮다
그럴듯한 거짓계단에서오렌지 맨한테 들켰대요
그들이 숨긴 계단을 펼쳐보죠

음모론이든 아니든 놀라운 안개 계단

주파수와 진동의 힘-6000가지 기술-남극(및 그 너머) 지구보다 큰 대륙이 177개-궁창-제5원소 (ÆTHER)-자유 에너지-달은 플라즈마와 로컬로 구성된 평평한 디스크-불 덩어리가 아니고 지역적인 태양- 검은 태양-스타와 그들이 실제로 무엇인지-진흙 홍수-대규모 재설정-자이언츠-거대한 나무들-성경(및 기타 모든 종교)- 고대 문명-놀라운 고대 건축물- 실제로 그것을 건축한 사람과 방법-고대 첨단 기술-물의 본성 시간의 환상-신성한 기하학의 숨겨진 의미-의식 조작-송과선의 비밀-보편적 매력의 법칙-마음, 몸, 정신의 연결-파충류-타락한 천사들-우리의 진정한 힘과 우리의 진정한 모습-쌍둥이 빌딩으로 간 비행기를 위한 유일한 방법 CGI 또 뭐가 있어요

양떼들을 깨우는 Q의 망치

진실로 좋은 걸 누가 주겠어요
공부하며 깨어나면 좋은 게
뭔지 눈에 훤히 보입니다
그들을 처형의 검은 바다로 보냈고,
쉬플들을 깨우는 겁니다
Q작전의 핵심이니 시간이
걸려도 지치지 마오
언제 노예였냐 엉뚱한 말은 말아요.
자기 영성 상자에서 흘러나오는
영적 공부에 맞춰요
양떼들이 깨어 스스로 힘을 알면 되오.
Q가 말하는 좋은 것은
아직 오지않았다, 는
종을 흔들어보세요

그들은 기근을 만들고 있어

돔 모습 평평 지구에
지하 석유는 물처럼 많소 피처럼 절대
닳지 않소 공룡 화석연료가 아니오
자칭 엘리트 넙치들 사기 마케팅은 놀랍소
우릴 굶겨 주긴다니 눈이 풍선처럼
터질거 같소 고기 못먹게 탄소 중립과
채식주의와 인구감축은 같은 말이오
우리는 혼자가 아니오 뭉쳐야 살아요
사탕인지 사탄인지 놀랍소 심야
설탕바람 냄새에 멍해졌소 나중에

내가 좀 띨띨해 보여도 놀라지 마요
더는 동생뻘이 아니니 소나기가 되어주오
나보다 똑똑해진 당신이
나를 폭우처럼 껴안아 주오 물론
나는 물탱크처럼 당신을 담을 거요

치유정원이 필요해요

언제였지 넋을 잃고 하늘 바라본 때가,
그림엽서처럼 바래지 않는 하늘였지
졸렵기도 하고, 허전한 듯 따스한 난로가에 앉아
당신과 나눈 얘기, 그들 오랜 거짓지식 다 버리고
다시 시작해야 되니, 치유정원이 필요해요
알면 다 아플 거예요 치유정원이 필요해요
수천년간 기록될 이 시기를 사는 것
흥미로운 금광이랬죠 오랜지맨이 준비한
인류가 살 마지막 기회 이제 미국은
영국식민지에서 벗어났고 우린 주권을 찾았어요
우리는 치유정원이 필요해요
소금눈 펄럭이는 치유정원이 필요해요
서로가 꽃이 되고, 나무 되기가 필요해요
치유하려는 손으로 서로 볼을 만져주면
에너지가 흐를 거예요 하던 일 멈추고
손을 대면 에너지가
가장 그리운 자리로 흐릅니다

6부
유배지에서 찾은
주파수의 비밀

깨달음은 영혼과 숨결까지 바꾼다
값진 인생은 밖이 아니다
마음 등불을 켠다
Awakening changes the soul and the breath
A true life is not outside
Light the lamp of your heart

커피의 비밀

고독은 피하는 자에겐 독이지만,
기꺼이 받는 이에겐 명약이어서
기꺼이 큰 꽃을 만난다오
유배 생활도 하나님의 선물이고,
유배의 새벽 강이 흐르는 깨우침 속에서
꾸준히 나만의 세계를 이뤄가니
외로워할 틈 없이, 시간이 모자를 뿐이오

오늘 배운 인텔만도 내게 친구요
넙치가 숨기는 커피의 비밀을 알았소
커피가 파킨슨병 제 2 형 당뇨병, 심장병,
간암, 비만을 퇴치하는 방법을 봤소
어쩐지 커피가 당신처럼 끌렸소
커피 향이 나는 당신에게 끌리고
커피 향 가득한 유배지에 끌려왔나 보오

매일 밤 주파수 음악을 듣는다

매일 밤 주파수 음악을 듣는다
괴물 울부짖듯 무서운 소리, 주파수로
지진 나는 충격 영상을 본 후에
기이하고 신비한 일들이 낯설지만은 않다
깨달음은 영혼과 숨결까지 바꾼다
지구는 동사, 소리, 진동, 주파수를 통해
끝없이 새로워진다지 모든 건 에너지고
더 나은 세상은 내가 만든다
값진 인생도 밖이 아니다
마음 등불을 먼저 켜기
남을 돕고 축복하면
거룩한 종소리는 내 지갑에서도 울린다
거룩하진 못해도 거만하지 않는
겸손한 삶이 되겠지 나는 애쓰고 있지
20%만 보이는 전쟁, 이 큰 변화
나는 유튜브에 게시물을 올렸다
"3D에서 5D세상으로 전환중인 이 신호!",
문명이 바뀌었다

무슨 일이 있어도 끌어당긴다

누군가 당신의 주파수에 진동할 때,
영적 매듭이 있다는 거야

누군가는 몇 달 후에
당신을 다시 찾을 수 있고
누군가는 몇 년에라도 이어질 거야
무엇인가 설명할 수 없지만
영적인 끈이 신적인 주파수에 움직일 때
무슨 일이 있어도 끌어당긴다
까페든 교회든 어디서든
너의 주파수는 너와 만난 이들과 합쳐진다
사랑하는 이들은 무슨 일이 있어도
더 큰 주파수로 서로를 끌어당기지

우주의 비밀을 찾고 싶다면 에너지, 주파수,
진동의 관점에서 생각하라 -nikola tesla
if one wants to find the secret of the universe
one needs to focus on energy, frequency and
vibration

암환자가 사는 방법 하나

밤에 글을 쓰는데 글자들이 멈추지 않고
움직였다 틀어놓은 주파수 음악 때문였다
처음 주파수 음악이 무서웠다
일 년 후 다시 듣고부터 편해졌다
세포까지 울려 퍼졌다
좋은 주파수는 햇빛처럼 몸을 되살린다
먼 기억까지 흔들어 공중에 나를 띄웠다
세포마다 맑게 몸은 바다처럼 출렁거렸다

사람들이 아프면
몸과 진동 사이를 생각해서
치료법을 찾는 게 중요하다
나머지는
다 알아서 잘 치료하겠지

남극에 지구역사의 비밀열쇠가 있다

병없이 살아남는 일만이 중요해졌다

설탕 바람이 방에 스미어 입술이 쓰고 끈끈했다

주파수 기술로 우리를 순한 인형으로 만드나

우리를 보자기에 싸버리려나 곳곳에

오지를 깔아 설탕 정부를 만드나

나노입자로 버무린 몸을 넙치들이 좋아해

가질 수 없으면 망가뜨려라

넙치 루시퍼의 컨셉이라니

거대한 흰 보자기 펄럭이듯

남극에 감시통제주파수 기계가 있다니

남극에 지구 역사 열쇠가 있다니

숨긴 지식, 신비로운 물과 금이

이 기술에 쓰여지나 천 년 만 년

힘자랑하려 우릴 움켜쥐거나

망가뜨리거나 우리는 모르게

아무도 모르게

남극의 놀라운 희망광산

멀리서 보니
두더지 놀이기구였다
방망이로 내가 때리면 구멍 쏙 두더지
다시 보니 얼음 낚시 구멍을 닮았다
가까이 보니 나는 어디에도 없다
나는 소금 한 알도 못되었다
그래도 당신은 내게 소금산였다
우린 함께하니 어디서든 커갔다

저 하얀 빙판과 빙벽이 남극이다
구멍 속이 우리 사는 지구다
오래 튼튼히 부자로 살
게세라 얼음세계의 비밀 속에
아주 오래 살아갈 평평 지구와
남극의 얼음 세상은
수천 년 간의 노예생활을 끝낸
이곳 사람들과 함께 생의 흐름을
영원히 바꿀 희망 광산이다

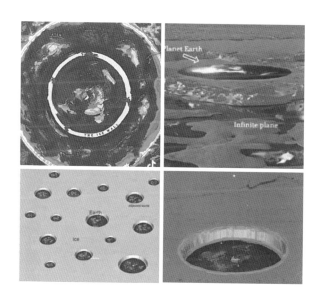

7부
설탕도시 생존 안내서

당신의 진동을 높이 유지하세요 이것은
지구 모든 긍정적인 진동을 좋게 해요
전투는 이미 승리했고 아름다운 이 행성은
더 아름답고 살기 좋은 곳으로
거듭납니다 넙치도발에 무릎꿇지 말고
믿음에 인내하라!
새로운 황금시대_골든 에이지를 맞기 위해
축제를 즐기자! 하나가 가는 곳,
우리는 모두 간다!
—Q

Please keep your vibration high
That ensures positive vibrations of the Earth
The battle has already been won
We will be reborn in a better place
Don't kneel to the flounder
Be patient in your faith!
Let's enjoy the festival
The golden age comes
We all go there!
—Q

살아남는 일만 생각합시다
－설탕도시 유배지 짐을 싸며

스티브 잡스도 살아 있소
제임스 딘도, 커트 코베인도 살아있어
죽은 척하고 900여명 문화저항자가 있어
넙치들에 먹힌 유명인은 돌만큼 많아 제 3제국
넙치 입이 해안선보다 클 줄 몰랐어
넙치의 거짓말* 끝이 무얼까 생각하며
당신에게 가고 있어 너무 그리웠어
설탕 바람은 더 거세져도 다가올 변화에
대비합시다 살아남는 일만 생각합시다
우리만큼 이웃을 돌봅시다

* "이 끊임없는 거짓말의 목표는 사람들이 거짓말을 믿게
하는 게 아니라, 다시는 아무도 아무것도 믿지 않도록 하
는 것이다 진실과 거짓을 분별 못하면 옳고 그름을 더는
못느낀다 생각 못하고 판단을 잃은 사람들과 함께라면 뭐
든지 할 수 있어" －한나 아렌트

설탕도시 나의 생존법

새로 산 털실처럼 맑고
부드러운 구름을 봤다
오 년 만이다 여기서
오 년은 터널 속처럼 축축했다
오 세대 전쟁이며, 철저한 심리전으로
어둡고 슬픈 이 도시는
흰 장갑의 통제를 받는다
흰 신, 먹거리, 물까지 생물학 대전
힘들여 공부 안하면 쉽게 사라질 시절
매일 디지털 전사들 인텔 나르는 일과
흐린 창의 설탕 독을 닦는다
설탕 가루에 구름은 수없이 쪼개졌다
사라져도 다시 나타나는 굳건함,
흩어지지만 다시 뭉쳐지는 기이함
나의 외출은
때로 목숨을 거는 일이었다

홀로 음미하는 법을 배우다

푸른 커텐이 따스히 펄럭일 때
손을 가지런히 무릎에 놓아둡니다
아무것도 가진 것 없이 텅 비우고
나를 바라봅니다 옷걸이에 걸어둔
나조차 사랑하는 당신
당신 그대로 사랑하는 나
서로를 느끼게 이어준 신을 우러릅니다
팔과 다리를 휘감은 에너지를 느껴보세요
내 안의 생명 뿌리를 가져다 흔드시네요
하나 둘 음미하는 법을 배워 봅니다
유리창에 햇빛이 밀려들어 졸거나

당신없이 홀로 쓸쓸할 때
내 마음 속에서 등불로 계속 살아주세요
몸과 마음을 잘 쓰게 해주셔서 고맙습니다

자유를 지키기 위한 도전적인 가이드

  ˙가능한 한 많은 포인트 충족하도록 노력하세요

* 자녀를 2명 이상 낳고 키우는 일은 어떨까요

* 목초 고기를 먹고, 벌레는 닭고기에만 먹입니다

* 중독되니 하루에 8g 이내의 설탕 섭취만 하세요

* 대안적이고 객관적인 미디어를 소비합니다

* 과학 연구를 읽고, 해석 방법을 알아보세요

* 지속적인 자기 계발하기 어려워도 새로운 기술 터득하기

* 많은 전자 장치 없이 튼튼한 자동차로 운전하세요

* 자연면역을 믿고 디지털의 노예는 거절할래요

* 자신의 건강은 스스로 책임지세요 빠른 인텔로 점검하세요

* 물, 식량, 전기를 자급자족하세요 되도록 현지 제품 구매하기

* 토지 소유, 토양 개선, 집안에서 채소 키우기

* 개인정보 보호를 강조하세요(Linux 및 CalyxOS를 살펴보세요)

* 현금결제하고 보너스 프로그램 피하기, 일부 돈을 금, 토지에 투자

* 아이들이 세뇌를 피하는 홈 스쿨링을 생각해보세요

* 같은 생각의 사람들과 이어지기, 미소 짓기로 긍정 분위기 번지기

* 편견 없는 과학자와 정치인을 지원합니다 그들은 그것이 필요합니다

* TV를 꺼주세요 무조건 따르지 않기, 소셜 미디어 사용 시간 줄이기

* DS 플랫폼의 사용을 줄이기 그들은 데이터 거머리이며
  아마도 실제보다 본인에 대해 더 많이 알 겁니다

* 모든 긍정적인 영성을 실천하기, 인간의 존엄성을 지키며 살기
  그러면 아무도 당신을 소유하지 않게 될 겁니다

−Q

긍휼씨가 솔로맘에게

혼자서 애 키우느라 얼마나 힘드셨어요
힘드실 때 어떻게 이기셨어요
저 먼저 말해보라 되물으시네요

음, 저는 무지개를 보러 강변을 거닐어요
모든 비참한 일 끝자락에
사랑의 무지개가 있어요
나 자신까지 용서하고
걱정한 일 끝에 무지개 빛이 보이면
집으로 돌아와요 어디에도 기대지 않게
식량 안보를 위한 베란다 뜨락서
상추 깻잎 찬 거리로 저녁을 해요
언젠가 뵈면 뜨락 식사해 드릴게요

긴 기차길 만큼 떨어져 살아도
우리는 함께 있어요 힘 내세요

솔로맘이 긍휼씨에게

혼자 애 키우느라 얼마나 힘들었냐, 는 말
누가 나의 고단한 생을 알아주는 말
하얀 솜처럼 푸근한 최고의 말,
시인께서 긍휼씨를 왜 좋아하는지 알겠어요

고마워요, 힘들 때 저는 이렇게 해요
민첩하되 서두르지 않기
마음을 내려놓으면
몸이 빵 봉지처럼 가벼워져요
금같은 에너지가 모이고,
여러 개의 달이 하늘에 떠 있고
마주한 어둠도 달라 보여요

사이키델릭한 넙치를 아는 이들이 몇이나 될까

−유배 시인이 궁휼에게

소금,이라 부르면 어떨까 바다가 안썩는 이유가 소금
때문이고, 소금을 보면 가슴이 저리오 가슴에다 언제
소금 뿌렸냐고 묻지 마오 이미 당신이 그리워 김치처
럼 저려졌소
그리스신화의 살라메우스, 란 소금인형같은 아이를
생각했소 바다를 지키고 나라를 지키는 소금인형 착
한 눈물로 출렁이는 바다 소금에 나는 끌리오 또 떨
떨하게 애 낳을 상상까지 했었소 자식소금, 바다 소
금으로 함께 모두 따스할 거요

소금으로 만든 수제 식염수라고 치과 광고를 내면 환
자들이 떼거리로 몰릴텐데. 치과마다 mRNA 나노기
술 식염수가 아니라 수제 식염수면 좋겠소 숨결로 들
어온 나노입자 몸에 쌓이면 주파수기술로 움켜쥐려
는 사이키델릭한 넙치를 아는 이들이 몇이나 될까 당
분간 이가 아파도 아무 데도 안가겠소 소금 한 숟갈
물고 30분, 더 길게 1시간 물고 있으니 괜찮았소, 오
래도록 키스 안한 혀가 소금에 절여지긴 해도 견디면
괜찮소 칫솔질도 소금으로 한지 1년이 됐소 살라메
우스 살라 살라

솔로맘의 디톡스 Detox 1

휘날리는 설탕이 중금속인 거 같아
미나리 한 단을 사서 삶아 구연산이 풍부한
레몬과 사과식초를 뿌려 무쳤다
고수,는 사서 장롱 면허증처럼 잊고 지내다
말라 비틀어지기도 한다 수은 해독에 좋다는
시금치도 GMO조작인지 고를 자신이 없어
그냥 글루타치온이 많은 마늘짱아찌로 대신한다
메추리알처럼 귀여운 마늘은 매일 먹는다

솔로맘의 디톡스 Detox 2
— 솔로맘이 늉휼씨에게

누구나 하는 디톡스인 걸요
누가 챙겨줄 사람 없어 더 힘든 솔로맘. 간단한 디톡
스는 꼭 해요 강황과 마늘, 김치 항산화 네트워크로
늘 먹죠 우엉차는 이뇨제같아요 중금속 디톡스에 좋
겠어요
밀크씨슬, 고수, 스피룰리나, 클로렐라, 활성탄, 우엉
뿌리도 좋다지만, 주황빛 해를 만나러 가요 강황가루
같은 햇살을 받으면 마음도 환해지죠 나의 애인이자
슬픔 치료제죠
소금, 봉사, 목욕, 단식이 좋다는데 아직 못해 봤어요
진동주파수 음악은 매일 듣죠. 나쁜 주파수는 그들이
날씨 요리하죠 숲길을 걷고 해를 마셔요, 하늘이 아
프면 핸폰 켜서 사진찍어 알려요. 스트레칭과 맨 발
로 시멘트길이라도 걸을 때가 있어요

마릴린 몬로가 프레스리랑 언제 사랑했나요

─긍휼이 유배 시인에게

서로 디톡스가 되셨군요
미군보호프로그램에서 프레스리를 만나
몬로는 줄리안 어산지를 낳았어요
외국인들은 몸이 안테나처럼
사랑 물결을 잘 일으켜 연애 선수들예요
사방 유교 말뚝에 묶인 다수 한국인은
사느라 허덕이는데, 후후

소금 이뻐요 몬로처럼 글래머가
아니고 기운도 없지만요
마릴린 몬로도 메드베드를 썼나봐요
30−40년 젊어진다니 저도 기다려요
메드베드를 못믿으면서
기다리는 사람들이 수두룩해요
은하수처럼 은은하게
영혼을 강하게, 더 밝게,
더 깊게 만들며 기다려요

러시아 로마노프 황제 증손녀인
멜라니아는 우리가 아는 것보다 훨씬 중요하다

미역같이 흐느적거리다

죽은 척하고 살아남은 이들 소식에 자다 깼다

멜라니아 가면을 쓴 다이애나로 본

디지털 전사들도 많았다

영화를 보듯 헷갈리는 전술였나 보다

트럼프와 멜라니아는 끈끈한 본드 인연이다

트럼프는 아버지 페튼 장군과 어머니

러시아 로마노프 황제의 손녀인

멜라니아는 가족을 넙치들에게 살해당했다

일론 머스크가 사람 머리에 칩 박는대서

처형됐다는 인텔은 깨우려는 전술였다

미역같이 흐느적거리다 벌떡 깨어나

새로운 바다에 나는 몸을 적신다

오래 전에 옛 문명의 고래 뱃 속에서 벗어난 몸이

오늘도 미끄럽다 어느 물결이 와도

새로 배우니 인생은 고래잡은 바다다

Russian Imperial Family 1913 멜라니아 증조 할머니 아나스타샤
(우측 3번째)

황금 해 타령

해를 놓치지 마
해를 속옷처럼 입고 다녀야지
해 뜨고 지듯 유통기한이 뚜렷해
이토록 단단한 게 없다니
투명경제 QFS 펼칠 게세라 문명인데
깨워갔던 5%가 시민 반이 넘치도록
인류해방전쟁 끝물 해는 타오른다
좌우를 나누면 노예요,
우리는 여태 노예였다
오렌지 맨이 주권 차표를 찾아줘도
해를 잊은 자는 모른다
해를 태운 기차를 모른다
해를 담은 여행가방도 모른다
해가 자유 디톡스인 줄도 모른다
해 타령에 이제 깨어났다
해 넣고 끓인 팥죽 먹자
일어나서 고마워

Apple Travel,10 설탕도시, 게세라 연인
@Shin HyunRim 2025

8부
설탕도시 생존 안내서

잃어버린 타르타리아 문명,
찾아온 플레이아디언의 불빛

설탕도시 시민은
노예 시스템 속에서 사는 것 조차
모르고 달달한 것만 좋아했어요
세상을 넙치가 운전한 줄도 모르고
넙치들은 우리 몸과 마음,
영혼까지 운전하려 했죠
이제 우리가 깨어난 걸 알았어요

citizen of sugar city
while living in a slave system
not knowing while addicted to sweetness
not knowing that the world was driven by the
flounders
the flounders control our body, mind, and soul
Now I knew we are awaken

지금까지의 교과서는 버려진다

잃어버린 9 천년 한국 역사라니,
엉크러진 역사의 실타래가 풀려지나
맞거나 다르거나 책보고 Tv 분석에
경청의 리듬을 타보자
이성계 조선은 한반도
고려는 중국동부와 한반도,
삼국은 중국대륙 본진과 한반도

지나친 신라 땅 줄이기는
중공 문화대혁명이 대륙의 동이족
역사를 지우려는 동북 공정의 시작였나
중국과 일본 식민사학자들의 글이 아닌
제대로 바른 역사를 이제 배우려나
진실의 나팔소리는 먼 옛 땅까지 울려퍼지나
타르타리아와 이어진 지점은 어디려나
소설같은 세상에 놀라네 세계사, 세계미술사도
그들이 짜깁기한 거짓 털쉐타인 것이지

타르타리아 문명과 플레이아디언을 아나요?

충격받은 나는 철사 인형같이 늘어졌네
그 영상이 이거였구나
엄청난 문명을 지우고 숨긴 흔적
어느 시대도 못 따라갈 위대한 문명 지우기
불내고, 진흙 홍수로 부수면서
모든 것의 종착역은 인구다이어트
세계 단일 정부다
돈 빼앗긴지도 모르면서
지식마저 사기인지 모르면서
가만 있으면 우리는 가축이긴 해
그들은 지구감옥 세우다 전쟁에서 졌다

철사줄 만한 수평선 위에
은하연방 모선이 떠 있다

놀라운 타르타리아 달걀

아름다운 디자인 차와 기차를 본다
거인_네필림의 문명 타르타리아
거대한 우주 달걀인 타르타리아
백년간 감춰진 기술
큰 동물들의 진흙 화석은 무언가
네필림 거인들에 의해 잘려진
석화된 거대한 나무줄기는 뭐지
에너지가 무료인 시대는 어찌 사라졌나
나날이 궁금해지는 타르타리아
이 문명은 어느 나라, 어느 영토일까요?
그들에 의하면 러시아, 미국,
유럽, 아프리카, 아시아 모두

태어나 처음 노을 보는 듯
신비스런 타르타리아
내 눈 속에 불타는 타르타리아
되찾을 타르타리아

플레이아디언과 은하연방이 우리를 위해 하는 일
−Pleiadian and Galactic Federation

플레이아디언들의 도움이 없었다면
나도 당신도 살아남지 못하며
고뇌도 슬픔도 없다
사막처럼 아무 것도 없다
더 아프게 더 나빠질 수 있다

남극대륙인 극지방이라 불리는
얼음 벽 뒤에는 다른 세계가 있다
지구같은 177개가 더 있다고 시집
〈새로 시작했어〉에서도 썼다
호주와 아시아 근처
거대한 폭발을 막아 준 플레이아디언과
은하연방을 이제 나는 좋아한다
어젠 동영상도 봤다
낯설고, 이상하고, 놀라운

은하연맹 선한 인류_
온 세상이 뒤집어질 영상을
걱정과 설레며 보았다

@Shin HyunRim 2025

은하연방이 돕고 있어요

플로리다에서 −검은 연기 둥글게
부드럽게 허리케인 밀턴이 내려왔다
이게 뭘까 뭘까 사람들이 신기해서
SNS에 영상 올릴 때 나는 알았다
은하연방이 함께 있음을

병아리 별자리 주민은
이게 뭐지, 하며 질문하게끔 숨은
아크투리아 공예로 만들고
은하연방이 함께 있음을
지구인이 알게 하는 방법이래요
믿기 힘들면
동화이야기로 생각하세요
그러다 깜짝 놀라면 되요

우리는 혼자가 아니에요
나는 당신예요 당신은 모두예요
열쇠고리처럼 서로 이어져 있어요
은하연방이 지구를 돕고 있어요

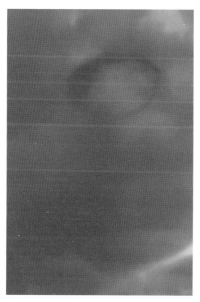

@플로리다 허리케인_ SNS 발췌

꿀이 흐르는 강

나는 사람들을 깨우는 새
바람따라 흐르는 구름이야
일의 밧줄에 매인 노예가 아니야
세상을 다르게 보고 다르게 쉬는 날
그래도
바다는 얼마나 푸른 잉크빛 바다며
강은 얼마나 꿀이 흐르는 강인지
겨울은 봄을 안고
들판은 나무를 안고
세상은 얼마나 사랑으로 가득한지
당신의 눈빛을 놓치 않고
당신의 따스한 손길을 읽지 않으면
내가 살 수 없음을 깨닫는다
내가 숨쉴 수 없음을

설탕도시,
게세라 시인

축복을 바라니 축복이 함께 합니다
맑은 바람을 부르니 맑은 바람이 붑니다
힘겹고 슬픈 때도 지지 않고
설탕 바람에도 지지 않고
서로의 해안이 돼서 어떤 파도가 덮쳐도
우리는 손을 놓지 않고
등대 불빛처럼 나아갑니다

유배시인이 풀려나다

디지털 전사들과 함께
부서지고 아프면서 깨우는
대각성운동*은
광화문 하늘에까지 울려퍼졌네
게세라 네세라 파도로 밀려왔네
사람들이 해를 안고 웃네
도시 곳곳에 새 문명의
황금 불이 켜지고 있네

The great awakening movement
initiated by Digital Warriors
reverberated in tears
To the sky of Gwanghwamun
It came in waves of Gesera Nesera
while emracing the sun, laughing

대각성 생존 안내서를 위한 에필로그

1. "ONE DAY"
언젠가 우리가 얼마나 한계에 가까웠는지
전 세계가 알게 될 것입니다.
언젠가 세상은 우리가 왜 사람들을 깨우기 위해
시간을 희생했는지 이해할 것입니다.
언젠가는 모든 것이 명확해질 것이고 사람들은
우리가 그들을 위해 싸웠던 전쟁을 봅니다.
언젠가 우리의 이야기는 역사책에
'역사상 두 번째로 위대한 이야기'로 기록될 것입니다.
언젠가 세상은 우리를 음모론자가 아닌
영웅으로 바라볼 것입니다.
언젠가 모든 것이 끝나면
그만한 가치가 있을 것입니다.

2. 당신의 전 생애와 당신 이전 세대가 거짓을 배웠음
을 극복하는데 6개월이 걸릴 겁니다. 세계(행성) 전
체가 다시 이어집니다. 당신이 알던 모든 시스템과
기술은 쓸모없어집니다. 많은 돈이 돌아옵니다.

-19대 부통령 존 F. 케네디 Jr

20억 디지털 전사를 위로하는 미국 부통령 케네디 Jr의 글이다. 디지털 전사들을 영웅으로 바라보지 않아도 괜찮아요. 위로의 말씀이 그저 고마울 뿐, 우리는 할 일을 했을 뿐이죠. 케네디 주니어와 화잇햇Q군과 위대한 리더 오렌지 맨에게 감사드릴 뿐이죠 , 나의 뇌까림은 전사님들 누구나 같은 마음일 것이다.

멋진 시간이 펼쳐지고 있다. 빛을 안고 기다린 보람을 느낀다. 일론머스크의 활동이 곧 네사라 게세라를 차곡차곡 이뤄가는 거란다. 지금은 힘들지만 앞날이 설렌다. 누구든 디톡스하며 잘 버티면 메드베드로 더 오래 지구에 머물 수 있다. 하물며 죽음이 없다고 테슬라는 말했다. 수천년간 기록될 사상 최대의 전쟁이 치뤄졌다. 바로 보이지 않기에, SNS에서 맹활약 중인 디지털 전사들 속에서 나도 진실 인텔 찾아 나르고, 공부하며 전쟁 동안 시집을 3번째 낸다.

그동안 긴긴 인류해방전쟁으로 진짜 역사를 퍼즐처럼 맞춰가며 공부하고 시집을 출간하며 세계 전체 메카니즘을 보는 안목이 생겼다. 간략하게 외계 생명체, 숨겨진 특허, 지구 숨겨진 비밀 폭로를 나는 봤고, 인류 역사의 긴 서사를 탐구하며 이 시집에 담았다. 대각성 운동은 정치만이 아닌 영적 혁명이다. 숨겨져 온 신성한 지식으로 돌아가는 일이다.

바티칸은 이탈리아 땅이 아니며, 워싱턴도 미국 땅이 아니며, 런던도 영국 땅이 아니었다. 그 나라에 있을 뿐였다. 이렇게 깜깜이 숨겨둔 비밀이 해 아래 밝

혀지면서 충격을 받았다. 케네디로부터 트럼프 대통령의 80년 전쟁은 바로 미국민과 인류에게 권력을 돌려주기 위한 것이다. 세상이 뒤집어지는 이미 G.E.S.A.R.A, 퀀텀 게사라, 일명 트럼사라: 파머스 플랜 등이 펼쳐지고 있다. 이 모든 흐름속에서 세상 사람들은 새로운 시각으로 세상을 바라보기 시작할 것이다.

우리의 직관과 영적인 세계는 하찮게 여기는 세상에서 살아왔다. 영적이고 마음 세계보다 물질에 초점이 맞춰지니 우리의 감각은 말초적일 밖에 없었다. Q군의 인텔대로 환급이 주어지고 경제적 안정을 찾으면 우리가 진정 구할 것은 영적 세계다.

"GESARA는 부를 재분배하고 번영과 정의의 새 시대를 가져오는 것을 목적으로 한, 세계 경제 시스템의 근본적인 개혁이며 새 문명의 이름으로 새기고 있습니다" -Qanon

발문

시대 변혁의 거대한 영적 전쟁,
실험적 하이브리드 시집

한재현

소년 다윗의 용기처럼 강렬한 저항성과 놀라운 대리만족을 준다.

신현림 시인의 새로운 시집 '설탕 도시, 게세라 연인'은 오랜 기간 역사를 뒤흔드는 거대한 영적 싸움의 현실을 살아가는 현 인류의 모습에 대한 작가 자신의 현실 체험담이다. 암울한 시기의 마지막 동시대적 현실 역사 전쟁의 단면들을 3명의 개성 있는 캐릭터로 풀어낸 실험주의 하이브리드 문학 시집이다. 누구라도 믿기 어려운 진실의 파편들을 들고서 싸우는 작금의 현실은 전체주의자들이 만든 진영싸움이 아니다. 그 너머 전 세계 전체주의 세력과의 연합군의 하이브리드 전쟁이다. 신현림 시인은 신이 만든 진정한 '자유의 승리', 거대한 어둠에 맞서 빛과 사랑의 혁명을 향해 나아가는 성경 속 작은 소년 다윗을 닮았다. 전체주의 DS골리앗의 메아리가 만든 세뇌들로 가득 찬 매트리스 속 설탕 도시에서 살아가는 현실의 독자들에게 남은 것은 DS골리앗 기세에 휘둘리고 눌려서 두려움과 눈치를 보며 외면하는 모습뿐이다. 하지만 전 세계에 걸쳐 DS 넙치 골리앗의 거짓에 맞서 싸우는 진실을 찾는 다수의 Q전사들, 유배 시인, 긍휼, 솔로맘 전사는 겁 없이 거인을 향해 덤비는 성경 속 인물을 떠오르게 만든다. 작지만 위대한 소년 다윗의 용기처럼 시인은 강렬한 저항성과 놀라운 대리만족을 주며, 역사적이고 시대 변혁의 거대한 영적 전쟁과 하이브리드전쟁의 중심으로 독자들을 불러세운다.

추적추적 비가 내린 어느 주말의 하룻밤 사이 폭락하는 주식처럼 변덕스럽게 Q의 피부에는 서늘한 소름이 생겨난다. 기후변화의 위험을 알리는 MSM의 경고가 정녕 진실일 수도 있다는 착각을 만들 정도로 혼란스럽게 만드는 급격한 체감온도, 기온변화의 순간이다. 매일 느껴지는 비행운이 만든 뿌연 공기의 막이 태양을 가리며 갑갑한 도시 온도를 온실처럼 뜨겁게 올렸다 내린다. 그들을 몰랐던 과거에는 그저 하늘을 가로지르며 긴 꼬리구름을 만들며 날아가는 비행기가 보기에 즐거웠다. 하지만 갑갑한 도시 속, 그들이 만든 프로그램된 시뮬레이션 속에 살면서 이제는 점점 죽음의 회색 장막이 드리워지는 것처럼 느껴진다.

높은 산에 올라 힘껏 내지르는 메아리처럼 SNS에서 울려 퍼지는 진실의 목소리가 Q의 귓가에 되돌아오면서 대중과 유리된 삶의 고독과 허무한 현실 부정을 실감한다. 보는 인텔이 달라서 서로 낯설어진 수

많은 이들을 바라보며, 수퍼박애주의자처럼 활동하는 자신의 낯선 모습과 삭막한 도시 속에서 점점 외톨이처럼 고독감을 느끼는 자신을 발견한다.

태어난 순간부터 브레인 워싱으로 프로그래밍 된 세계의 메트릭스를 깨어 버리고, 새롭게 시작된 어느 순간부터 Q는 어느새 영적 전쟁의 한복판에 서서 거대한 DS골리앗과 싸우는 소년 다윗이 됐다. SNS에서 거대한 DS골리앗을 향해 던지는 작은 물맷돌들이 점점 거대해진 돌덩이처럼 변해가며 DS골리앗의 머리를 맞춘다. 거대한 DS골리앗이 반응을 보인다. 그렇게 소년의 물맷돌은 DS골리앗을 쓰러뜨리기 위해 날아간다.

어느덧 Q가 서 있는 무대는 사울 왕에게 쫓기는 다윗처럼 힘겹고 고달픈 모습이다. 그러나 그에게는 창조주가 함께하기에 미래의 낯선 두려움임에도 불구하고, 신이 예비한 미래를 소망하며 묵묵히 앞으로 나아가는 길밖에 선택의 여지가 없다.

소설적 3인의 실험 시는 극심한 문화충격 줄이는 생활지침 안내서

사물이 극에 달하면 바뀌는 '물극필반'의 모습처럼 어둠이 극에 다다르면 변화를 일으켜 빛으로 나아가는 자연스러운 우주의 법칙과도 같은 미래의 희망적 모습을 꿈꾸며 현재의 암울한 모습을 시적 감성으로 승화시켰다. 현 인류의 밝은 미래를 꿈꾸며 가장 치열하고 어두운 시대 현실 속 상황을 독자들은 소설과도 같은 3인의 실험 시들로 만난다.

아무리 어렵고 힘든 고통의 현실이라도 미래의 긍정적 소망이 있기에 여전히 인내하며 싸우고 정진할 이유가 생긴다. 동시대를 힘겹게 살아가는 이 땅의 모든 이들에게 생명과 사랑, 그리고 자유와 희망을 찾기 위한 작가의 시대 고발적인 목소리를 찾아보면 극심한 문화 충격을 줄이는 꿈같은 이야기로 설탕 도시를 살아가는 모든 이에게 즐거운 생활 지침 안내서가 된다.

−한재현 다트크리에이티브 기자

예언자로서의 영성에 '들리운' 시인이 이끄는 신세계

정여진

내가 문학소녀 시절부터 존경해 마지않았던 한국 시단의 스타이자 여제이신 신현림 선생님. 그녀는 2025년 오늘, 여전히 연배를 초월한 모습과 내면으로, '설탕'으로 상징된 무언가 드리워진 세상 하늘을 올려다보고 계시다. 그녀는 '봉쇄된 설탕도시'로서의 우울감, 비감에 속임수 뒤 실체를 투시하고 나아가 예언능력으로 미래까지 투시하려 한다.

작금의 현실은 진실로 역사적 대전환점을 가져올 절체절명의 상황일지 모른다. 이러한 현실에 시인은, 시인의 말 속 표현처럼 '디지털 의병'으로서 보이지 않는 손으로 조종되는 세상의 위선과 싸우고 있다. 그런데 그녀의 시선은 매우 거시적이다, 세계 질서, 그 파시즘에 맞선 빛의 전사들을 제시한다. 독의 흔적, 거짓이 진실이 되어버린 '설탕도시' 모든 음모들이 소멸해 사람의 주권이 되살아난 '게세라 문명'으로 생명들의 본래적 천부인권이 회복된 공간이라고 한다. 가히 예지로 가득 찬 선각자의 노래, 다른 세상을 먼저 본 바리의 노래들 같다. 마법에 걸려 본래 모습을 잃어버린 우리들의 본성을 해방시키기 위해 묵

묵히 쐐기풀을 짖고 있던 안데르센의 동화 'De vilde Svaner(야생의 백조)' 속 공주처럼, 시대의 어른이 된 시인은 고통과 희망 속에 시로써 새 문명의 설계도를 그려내 우리를 안내해 해방시키고자 한다. 마법을 풀어줄 쐐기풀 옷인 듯 지어낸 이 시집에는 거룩하게 참자유한 삶을 되찾고자 하는 진실 개벽에의 열렬한 희구와 예지, 그리고 인류애의 영성이 담겨있다. 미망에서 깨어나 매트릭스 시스템을 자각하고 알을 깨고 날아오르라고 연신 죽비를 때리는 전사의 노래들. 그 속에 전해져 오는 야생마 같던 시인 특유의 천진성, 여전히 뜨거운 솔직한 사랑의 감정들이 아리고 눈물겹다. 각자의 미혹된 잠에서 깨어나기 위해 시집을 펼치고 예언자로서의 영성에 '들리운' 시인이 이끄는 신세계로 입장해보자. 그 안에서 게세라 문명의 사랑을 느껴보자. 그 거칠 것 하나 없고 두려움 없는 '자유로운' 상상력의 세례를. 99%쯤은 아직 알지 못하는(이 글을 쓰는 본인도 여기 포함되지만 시집을 읽고 강한 끌림을 받고 있다) 새 문명이라는 '인텔'을 미리 열어 황홀해하는 예언의 비전이 이 시집에 육화되어 있다. 시인은, '설탕도시'가 달콤하긴 하지만, 과연, 정말 아무 문제 없을까? 라고 묻는다. 눈을 씻어내 그 미래를 함께 바라 보고, 준비하자고 주문하는 그녀는 네오에게 매트릭스 시스템을 깨닫도록 진실로 인도했던 여전사 트리니티 같다.

'지루한 세상을 향해 불타는 구두를 던'진 한국시단 독보적으로 호방하고 자유의 느낌 신현림 선생님의 본 새 시집은 전위시, 생태시, 디카시 등등 다양한 극점으로 배치된 오늘날 시의 지형도에서도 본 시집은 전혀 새로운 위치의 시들로 읽힌다. 단순한 감성시가 아닌 현 문명 이후의 새로운 문명(시인에 의하면 이것이 '게세라 문명'이다) 을 이야기하는 예언서이자 실로 불안함과 엄중함이 교차하는 진실과 거짓의 싸움터가 된 이 땅의 우리에게 미래의 길을 안내하는 '생존지침서'인 까닭이다.

세상의 모든 거짓과 허위의 폭력에 맞서는 자유의 문학, 그러한 빛나는 자유 해방의 '게사라문명'을 그린 이 시집은 본질적인 인간성을 다시 회복시켜 줄지 모르겠다.본 시집은 악을 이겨낸 문명에서 우리가 다시 누릴 인간성과 인류애에 대한 개안이며 시인이 인간의 '실존'을 온전히 받아들이려는 여정, '후손들에게 아름다운 지구를 남겨주기 위해 쓰셨다는 게세라 사랑은 시대의 고민과 기도를 언어로 형상화한 전복적 예언서이다.

−정여진 작가, 문화저널리스트

신현림
여러 시집들의
시평들

신현림은 우리시대를 대표하는 용감한 시인이었고, 그녀 앞에서는 적어도 여성 시인이라는 말도 함부로 꺼내기 어려운 사람이었다. 젊은 날의 신현림의 시는 도발적이고 또 자극적이었다. 거칠었지만 내밀한 속살은 따뜻했고 그러면서도 시대가 요구하는 모험과 발언을 아끼지 않았다. 시적 원숙함은 과거에 시로 표현하지 않았던 새 영역까지 시로 표현하여 확장시켰던 점에 있다. 고통스러운 모험의 도정에서는 다시 마음을 추스르고 먼 길 떠날 수 있게 시인과 세상 그리고 그 숱한 타인들을 묶어주고 이어주고 있다.

－김남석 문학평론가 〈사과꽃 당신이 올 때〉

신현림 시집은 시정신의 모험에 한 전형으로, 젊고 패기만만한 시들로 가득하다. 이 시인에게 기대를 거는 것은 언어에 대한 뛰어난 감각, 감성과 지성, 부드러움과 강함, 거대한 내면을 지녔기 때문이다.

－ 서준섭 문학평론가 〈지루한 세상에 불타는 구두를 던져라〉

신현림은 언어를 비틀어놓고, 비틀어 놓은 언어들이 이루는 공간에서 세계와 인간의 또다른 모습을 생각하게 하고, 감수성의 날카로움과 치열한 몸부림을 섬뜩하게 받아들이지 않을 수 없게 한다. 보기 드문 새로운 감수성으로 또 다른 한국시의 꽃을 피우고 있다.

－ 김선학 문학평론가. 동국대교수 〈세기말 블루스〉

신현림은 패기만난하고 상상력이 신선하다. 거리낌없이 활달한 어법이 주는 자유로움과 시와 사진, 그림과 꼴라주를 통한 파격적이고 특이한 매혹으로 넘친다.현대인의 허기진 그리움, 기다림, 재즈같은 권태 등을 노래하여 가슴을 올리는 황홀한 내면 풍경과 외로움의 미학을 보여준다.

　　　　－이승훈 문학평론가, 한양대 국문과 교수 〈세기말 블루스〉

신현림의 시를 읽는 것이 때로 종교보다 더 종교적일 수 있고, 마법보다도 더 마술같을 수 있다.결코 위험하지 않은 신비로운 마약이다.

　　　　　　－차창룡 시인, 문학평론가 〈침대를 타고 달렸어〉

시인은 늘 세계를 새롭게 해석하고 미적 지평을 갱신해 왔다. 베르그송을 인용할 때 "변화한다는 것은 원숙해진다는 것이며, 무한정 자신을 창조한다는 것이다." 신현림의 시론처럼 읽힌다.

　　　　　　　－김순아 문학평론가 〈반지하 앨리스〉

진짜 사람냄새와 그 뜨거움의 추구는 시인 신현림의 영원한 모토이다.〈세기말 블루스〉로 시단의 뜨거운 주목을 받을 때에도 그러했고,2020대에도 그러하다.

　　　　　　　－나민애 문학평론가 〈7초간의 포옹〉

기형도는 암울함의 미학이 스며나고
신현림은 암울함 속 투지가 싱싱하게 폭발한다
랭보는 남다른 상상력으로 여인을 읊고
신현림은 치열한 시선으로 여성을 노래한다.
엉뚱한 상상력은 비범하며,
BTS 세대와도 통할 언제 어느 시대에 읽어도
뜨거울 청춘의 명작이다

　　　　　　　　　−최선영 문학박사. 이화여대 특임교수

　　　　　　　〈지루한 세상에 불타는 구두를 던져라〉

신현림 시인. 사진작가겸업 소설가

경기 의왕 출생. 미술대학에서 잠시 수학, 아주대학교 국문학과 졸업 후,
상명대 비주얼 예술대학원 에서 파인아트를 전공 졸업했다.
아주대, 한국예술종합학교에서〈텍스트와 이미지〉로 강사 역임.
전방위적인 작가로 장르 경계를 넘나들며 평단과 대중으로부터 고른
지지를 받는 신현림 시인은,《현대시학》으로 등단,
시집으로『지루한 세상에 불타는 구두를 던져라』,『세기말 블루스』,
『해질녘에 아픈사람』,『침대를 타고 달렸어』,『반지하 앨리스』,
『사과꽃 당신이 올 때』,『7초간의 포옹』,『울컥, 대한민국』,
『새로 시작했어』가 있다.
문화예술 에세이『나의 아름다운 창』,『신현림의 미술관에서 읽은 시』,
『애인이 있는 시간』,『엄마계실 때 함께 할 것들』,
『아무것도 하기 싫은 날』 등 다수의 에세이집과
세계시 모음집 30만독자 사랑『딸아, 외로울 때는 시를 읽으렴』,
『아들아, 외로울 때는 시를 읽으렴』,『시가 나를 안아 준다』,
『아일랜드 축복 기도』 등을 출간했다.
15만 독자사랑 동시집『초코파이 자전거』에 수록된 시『방귀』가
초등 교과서에 실렸다. 최근 영국출판사 Tilted Axis에서
한국 대표 여성 9인으로 선정되었고,
2019 문학나무 가을 호에 단편소설「종이 비석」추천 당선 발표했다.
사진작가로서 세 번째 사진전'사과밭 사진관'으로 2012년 울산 국제사진
페스티벌 한국 대표 작가로 선정되었고,
사과던지기 사진작업 '사과여행'시리즈를 계속하고 있다.

설탕도시, 게세라 연인

1판 1쇄 인쇄 2025년 2월 11일
1판 1쇄 발행 2025년 2월 17일

지은이 신현림
펴낸이 신현림
펴낸곳 도서출판 사과꽃
        서울 종로구 옥인길74 (3-31)

이메일   abrosa7@naver.com
facebook   hyunrim.abrosa
instagram   hyunrim_shin
blog.naver.com/abrosa7
YouTube   신현림 (본 채널)
신현림 Tv   사과꽃 눈보라 디퓨저
신현림Tv8   문학사과 책방_갤러리_3채널
신현림T v8   불타는 구두를 던져라

등록번호   101-91-32569
등록일   2 012년 8월 27일
표지디자인   신서윤
인쇄   신도인쇄

값 14,700원